AF364129

Buscando a Svend Ipsen

Rafa Carrasco

BUSCANDO A
SVEND IPSEN

Relatos breves que buscan el infinito

EDITORIAL
LETRA MINÚSCULA

Primera edición: marzo de 2023 ISBN: 978-84-19705-70-9

Copyright © 2023 Rafa Carrasco. Editado por Editorial Letra Minúscula

Todos los derechos reservados. Bajo las sanciones establecidas en el ordenamiento jurídico, queda rigurosamente prohibida, sin autorización escrita de los titulares del *copyright*, la reproducción total o parcial de esta obra por cualquier medio o procedimiento, comprendidos la reprografía y el tratamiento informático.

ÍNDICE

1

Toqué tu piel, sin ser especial, sentí un rubor que me hizo pensar. La dureza de mis dedos no te hizo llegar el sentimiento que te pretendían mostrar. A dos litros de ti, conociendo mi voz; a dos litros de ti, recordando cómo soy, a dos litros de ti para acercarte un poco a mí.

Texto revisado del prólogo de la tercera edición del libro *Rimas, musas y conversaciones entre dos infinitos acuáticos*, año 1884, de Svend Ipsen, escritor de cuentos infantiles.

A DOS LITROS DE TI

La central hidroeléctrica de Sombra Blanca se ubicaba al este del país, abrazada por dos cordilleras de mediana altura. Estas cordilleras, atravesadas por cientos de afluentes, alimentaban el embalse de esta imponente obra de ingeniería.

Este lugar fue pionero en la incorporación de robots acuáticos, conocidos como «infinitos», revolucionando la industria. Además, se distinguió por ser la primera en eliminar por completo el riesgo para los seres humanos en tareas de desatasco, limpieza de turbinas y en la gestión de los desagües de residuos.

Aquellos robots acuáticos eran verdaderas maravillas de la ingeniería. Capaces de adentrarse en las tuberías sin necesidad de desconectarlas del suministro durante largos periodos de tiempo; representaban un avance significativo en la limpieza y el mantenimiento de la central hidroeléctrica.

Sin embargo, un día, la situación se volvió crítica. Las puertas que sellaban los estanques de hormigón se rompieron, desatando un escenario de emergencia.

—Ingeniera, se han roto las puertas de cierre de los estanques —informó uno de los operadores.

—Hay que verificar con urgencia las ramificaciones subterráneas y las turbinas de los estanques para evitar que estallen debido a la presión —ordené, consciente de la gravedad de la situación.

—Hemos perdido a cinco de los nuestros —dijo el operador con voz apagada mientras se apresuraba a cumplir mis órdenes.

Los vi en una de las balsas. Habían caído desde las torres eléctricas dentro del estanque de hormigón.

Los operadores que habían sufrido la caída parecían muñecos destartalados: algunos carecían de piernas, y otros no tenían cabeza.

Mi labor consistía en verificar y llevar a cabo el control de calidad de las reparaciones realizadas por los robots acuáticos.

Uno de ellos emergió del agua. Me fijé en él. Aunque no mencionaré los detalles de mis recuerdos, puedo describir cómo era él en ese momento.

Era un «infinito», como solíamos llamarlos. Podía observarlo claramente a través de los cristales de las salas de control que daban al exterior, al embalse y a la presa. Este ser nunca salía del agua hasta que completaba su tarea asignada. Llevaba solo las herramientas necesarias, sin que lo afectara el cansancio ni otros factores mundanos; se centraba únicamente en la labor que se le había encomendado, sin distracciones ni preocupaciones adicionales.

Cada día lo observaba adentrarse en el agua, deslizándose a través de las turbinas o serpentear por los tubos de canalización. Incluso después de que mi turno de trabajo terminara, él continuaba con sus tareas inquebrantables.

Llegué a pensar que aquel robot acuático podía sentir algo especial por mí. En los días siguientes, noté que su mirada buscaba la mía con frecuencia. Sin embargo, la rutina altamente cronometrada y constante de nuestro trabajo hacía imposible que me acercara a él sin que mis compañeros notaran mi interés por ese robot en particular.

Quizá debido a la fatiga, me costaba recordar lo que había sucedido el día anterior.

—Ha habido un aumento brusco en el nivel del agua; el dique de la presa ha sufrido una fractura minúscula —informó uno de mis compañeros mientras corríamos hacia el lugar de la rotura—. En el lado sur de la presa, el embalse se ha drenado hasta un punto crítico, y será necesario que trabajadores humanos altamente especializados realicen las reparaciones necesarias —detalló.

Debido a este incidente, los robots acuáticos no podían llevar a cabo sus tareas habituales, y me designaron, junto con tres «infinitos», incluido al que a mí me gustaba, para llevar a cabo el mantenimiento de la escalera para peces.

En un atisbo de locura, me atreví a entablar una conversación.

—Escúchame, me gustaría conocerte.

—Por supuesto —respondió sin más, mientras descendía por una de las escaleras para peces.

Creí percibir algo profundo en esa respuesta, aunque sabía que me estaba mintiendo a mí misma. Fue un comienzo de algo que olvidé cuando la noche llegó a su fin.

La reparación de la escalera para peces y las tareas de acondicionamiento del dique de contención finalizaron. Todo volvió a la normalidad cuando el embalse se llenó de nuevo, lo que llevó aproximadamente dos semanas. Mientras tanto, como los robots acuáticos no tenían trabajo en ese momento, los enviaron a otros destinos.

No recuerdo nada de lo que hice durante ese tiempo de espera. No sé a qué me dediqué.

Sin embargo, una mañana lo volví a ver. No lo recordaba exactamente de la misma manera, pero no le di demasiada importancia. Él me miraba, y noté que su mirada se detenía en diferentes partes de mi cuerpo, lo que me hizo sonrojar. A pesar de esto, no me hablaba. ¿Sería tan tímido como yo?

Las tormentas eléctricas eran bastante comunes en la zona, y durante la última, lo pasé realmente mal. La electricidad se interrumpió debido a la caída de un rayo en uno de los transformadores.

A causa de ese incidente, todos los «infinitos» que estaban trabajando en el agua en ese momento sufrieron daños irreparables, incluyéndolo a él, a mi amado «infinito».

No estoy segura de cuánto tiempo pasó hasta que me di cuenta de su desaparición; mis recuerdos son vagos en ese aspecto.

Confundida por la falta de claridad en mis recuerdos, lo vi de nuevo un día a través de los cristales de control. Estaba allí, quizás algo cambiado, pero era él. Al menos eso pensé.

—Escúchame, ¿te acuerdas de mí? —le pregunté.

—Claro que sí —esta vez, su respuesta no me hizo sentir nada especial.

Al día siguiente, después de asegurarme de que todas las reparaciones estaban en perfecto estado, lo busqué. No recordaba cómo era, pero lo encontré.

—Escúchame —le dije con tanta dulzura que incluso me sorprendí.

—Dime —me respondió. Esta vez parecía más atento de lo normal.

—Te extraño más que nunca —le confesé.

—Acércate —me respondió con una voz muy melosa. Fue una novedad, finalmente sentí que quería que me acercara a él. Además, intuí que tenía algo importante que decirme. Se inclinó hacia mi oído.

—Sé que no sabes que tú también eres un «infinito», que eres un robot igual que nosotros. Cuando llegues a casa, llorarás por mí como yo lo hago por ti todas las noches. Pero cuando el amanecer se convierte en día, nos despertamos y no recordamos nada, ni quién soy ni quién eres.

Me quedé paralizada, horrorizada y con la boca abierta.

—Pero créeme, es mejor así —me dijo—. En este ambiente acuático estaremos muy cerca. Siempre estaremos cerca, a un litro, por ejemplo, o a dos litros de ti.

2

Aunque lo hayas tocado, puede que no
lo hayas sentido.

Svend Ipsen, escritor de cuentos infantiles.

ALERTA, NO ES LA TIERRA

La noche del 14 de agosto de 1979, tras la sintonía habitual y las palabras de saludo, Antonio José Alés lanzaba al aire un llamamiento dirigido a los supuestos moradores del espacio. Ochocientos cincuenta grupos se organizaron para vigilar aquella noche y comunicar todo lo que vieran. Según explicaron los medios de comunicación, la alerta OVNI desató un júbilo desenfrenado por descubrir lo que venía de otros cielos.

1. LA ESTATUA DE BRONCE

En Barcelona, hubo dos testigos más: mi padre y yo. Sin embargo, nadie se enteró de lo que nos sucedió.

La zona universitaria era el lugar de mis juegos durante los días festivos y los fines de semana. Allí jugábamos a todo lo que podíamos imaginar. Antes de irnos de la zona, siempre pasábamos por la puerta de la Facultad de Bellas Artes, nos deteníamos frente a la estatua de bronce que presidía la entrada principal y la contemplábamos durante un rato.

La estatua medía alrededor de tres metros de altura y sostenía una larga lanza. Se trataba de un guerrero con su capa, cota de malla y espada; permanecía erguida sobre su pedestal, como si estuviera vigilando la facultad.

Siempre había pensado que a mi padre le gustaba lo que no entendía, lo inexplorado. La radio era su amiga inseparable, y buscaba en el dial todo lo relacionado con sus historias favoritas.

Un día, convenció a mi madre de que me dejara ir con él a una de las alertas OVNI que solían ocurrir. Yo era muy pequeño, y el programa «Alerta OVNI» comenzaba bastante tarde.

Caminamos hacia un punto desde el cual pudiéramos mirar al cielo sin que las luces de la ciudad interfirieran. Supuse que mi padre había pensado en la ciudad universitaria como el lugar clave para visualizar el cielo y escuchar el programa. Llevaba su radio, una cantimplora con agua y una linterna.

Cuando llegamos a la altura de la Facultad de Bellas Artes, nos detuvimos frente a la puerta principal y contemplamos la estatua de bronce en la entrada. Todo estaba planeado, como si mi padre lo hubiera estudiado meticulosamente. Luego, nos dirigimos a un descampado cercano. Era una calle prácticamente sin edificios, con los terrenos cercados con vallas y las aceras ya construidas, esperando la futura construcción de las universidades.

A oscuras, iluminados solo por la linterna, entramos en un parterre a través de una valla rota, algo común en la zona debido a que a menudo se depositaban escombros descontrolados en algunos solares. Nos ubicamos en el centro. De entre la maleza, mi padre sacó dos sillas de playa; una vez más, pensé que lo tenía todo muy estudiado. Le sonreí, pero él no me devolvió la sonrisa. Estaba totalmente concentrado en la tarea que teníamos por delante.

Estaba muy nervioso por la espera del inicio del programa. Mi padre apagó la linterna y me tomó de la mano.

Nos sentamos y miramos al cielo. No era del todo ideal; había algunas nubes, pero la luminosidad de la ciudad no nos molestaba.

—Veas lo que veas, no lo olvides nunca —me dijo.

Parecía estar absorto, fumaba constantemente y no dejaba de

mirar al cielo. En el programa de radio, explicaron todo lo que podía verse a simple vista en el cielo: planetas, estrellas fugaces, globos sonda y una luna muy brillante que ocasionalmente quedaba oculta tras las nubes.

Mi padre encendía un cigarro tras otro mientras esperábamos. No veíamos nada en particular, y los locutores comenzaron a justificar por qué no se divisaba ningún objeto claro y definido. Por supuesto, no mencionaron nada sobre nosotros. ¿Cómo nos pondríamos en contacto con el programa si veíamos algo? Las personas que llamaban parecían desilusionadas, y los minutos pasaban sin que nadie comunicara un avistamiento creíble.

—No te duermas, falta poco para que surja del cielo lo que estamos esperando —me animó mi padre.

Decían que el supuesto OVNI se desplazaba de oeste a este. El programa se acercaba a su fin.

Cuando el locutor comenzó las palabras de despedida, la radio de mi padre se apagó repentinamente. Se levantó de la silla de playa y arrojó al suelo la radio, la linterna y, con un golpe seco, se deshizo de la cantimplora. Luego, como si un rayo silencioso hubiera impactado en la tierra, vi un gran destello de luz.

Mi padre comenzó a correr por todo el parterre mientras las farolas de toda la zona se encendían y se apagaban. Corría como si lo persiguieran abejas invisibles, se cubría la cabeza con las manos y daba cabezazos hacia adelante y hacia atrás.

Voy a decir que no me asusté, pensé que estaba bromeando, pero su comportamiento me preocupó. Se retorcía de una manera extraña, agitando la cabeza, como si intentara arrancarse algo de los oídos o estirarse la piel de la frente. De repente, otro destello de luz me cegó momentáneamente y vi a mi padre tambaleándose mientras se dirigía hacia mí.

—Han tardado —murmuraba—, pero ya sabemos que no todo es como queremos.

Lentamente, me hizo levantar de la silla de playa y la plegó, haciendo lo mismo con la suya.

—¿Las sillas las trajiste esta mañana? —pregunté.

—Sí, pero no se lo digas a tu madre —respondió mientras recogía la radio, la linterna y la cantimplora.

—¿Quieres que te lleve a caballito? —me preguntó mientras apagaba la radio y la guardaba en el bolsillo trasero de su pantalón. En una mano sostenía ambas sillas de playa, y en la otra la cantimplora y la linterna.

—No, no estoy cansado. ¿Me dejas llevar la cantimplora?

Me la entregó y comenzamos a caminar. No dijimos nada, no me pareció necesario preguntarle qué había sucedido; si quería, ya me lo explicaría.

Llegamos a la Facultad de Bellas Artes, y como era costumbre, nos detuvimos frente a la puerta principal y contemplamos la estatua de bronce. La observé asombrado.

Desde la cintura hacia arriba, la estatua estaba parcialmente derretida, y se podía escuchar el sonido del bronce líquido hirviendo mientras caía sobre el pedestal. La parte superior de la lanza había desaparecido, al igual que su extensa capa, su cabeza y su torso protegido por la cota de malla.

Supongo que mi padre estaba viendo lo mismo que yo, pero no dijo nada sobre la estatua.

Estaba cansado y somnoliento, y no entendía lo que estaba pasando. No hacía tanto calor como para derretir el bronce.

Continuamos caminando. Me habría gustado coger la mano de mi padre, pero sus manos estaban ocupadas.

Me miró.

—¿Quieres que te lleve a caballito?

Le dije que sí. Se agachó un poco y subí sobre su espalda. Me sentí tan protegido que no habría querido bajarme nunca.

2. EN UN PLANETA LEJANO

El piloto de aquella nave que llegó a la Tierra, el 339, fue recluido en el Centro de Investigaciones Terrícolas. Personal del centro lo custodiaba y lo evaluaba semanalmente.

—Que sepas que no estás solo en todo lo que te está ocurriendo —dijo uno de los evaluadores al piloto 339.

—La fecha del incidente, las señales en tu cuerpo, todo concuerda, y aparentemente no mientes, pero cada huella que borramos en tu camino nos hace pensar que has creado un personaje ficticio. Es imposible que alguien se haya metido dentro de ti —concluyó el otro evaluador.

—¿Y qué solución podríamos encontrar a lo que me está pasando? —preguntó el piloto 339—. Nadie me explica la situación que estoy viviendo. El humo, ese humo que aparece de repente y se apodera de mí, aparece en mi boca, pasa por mi lengua y llega a mis pulmones. ¡Nadie es capaz de sacarme lo que llevo dentro! —exclamó.

—No es necesario que grites, nosotros no somos los culpables de tus males —respondió un evaluador.

—¿Cómo es posible que me traten de esta manera? —maldijo el piloto 339, visiblemente enfadado—. ¿Cómo es posible que me castiguen durante todos estos años sin el más mínimo reparo por su parte? No sienten lo que siento yo —continuó, llorando desconsoladamente—. No lo comprenden —detuvo sus palabras y de repente gritó: —¡Él! ¡Él fue quien se metió dentro de mí, aquel hombre de la Tierra, el fumador!

El habitáculo estaba iluminado por una luz tenue, sin ventanas y con una sola puerta. El piloto estaba sentado en una silla, el único mobiliario de la habitación. La soledad que experimentaba dentro de esa sala debía de ser abrumadora.

—Por favor, intenta mantener la calma. Repasaremos lo que ocurrió ese día, por si acaso nos hemos pasado por alto algún detalle en tus explicaciones —dijo uno de los evaluadores.

—Parece que disfrutáis escuchándome repetir una y otra vez lo mismo, ¿verdad? Mis razonamientos y mis teorías. Entretanto, dilatáis el tiempo con mis respuestas desafiantes y mis verdades huecas.

—No es así, te rogamos que nos des cada detalle, necesitamos obtener un conocimiento más profundo.

—¿Existen más casos como el mío? —preguntó el piloto 339 con una voz apenas perceptible.

—No.

—Sé que hay muchos casos similares al mío, pero no deseáis que nos conozcamos entre nosotros.

Hubo un largo silencio. La respiración del piloto 339 se volvía cada vez más intensa. Se cubrió la cara con las manos y sollozó durante unos momentos. Sabía que no tenía más opción que repetir la misma historia una vez más: su fallido viaje a la Tierra.

—La incursión en aquella Tierra transcurría bajo condiciones ideales hasta que el factor de invisibilidad comenzó a fluctuar —explicó el piloto 339 con calma, con la certeza de haberlo explicado cientos de veces—. Cuando esa fluctuación se volvió incontrolable, traté de redirigir la incursión hacia coordenadas menos transitadas.

—Pero mencionaste que el incidente ocurrió en una zona habitada —interrumpió uno de los evaluadores.

—Hemos llevado a cabo miles de misiones en la Tierra, pero esta no era la Tierra que conocíamos, como he mencionado en repetidas ocasiones. Detectamos materiales que no habían sido registrados previamente en las consolas, y los sensores de presencia aérea captaron formas que nunca habían sido identificadas.

—Pero admites que cometiste un error de cálculo, que te desviaste de la entrada prevista y que usaste una lógica incorrecta en tu trayectoria —el evaluador interrumpió rápidamente.

—Como mencioné, intenté redirigir la incursión hacia una zona escasamente poblada, pero me resultó imposible. En el punto exacto donde ocurrió el contacto, momentos antes, tuve que activar un vector de calor para liberar la presión del factor de invisibilidad.

—Pero, ¿entiendes lo que significa activar un vector de calor en esas circunstancias?

—Ese día no hubo bajas físicas de ningún tipo. El vector de

calor afectó a un elemento que no se había detectado en misiones anteriores: una nueva aleación metálica para nosotros, el bronce de una estatua ubicada en la entrada de un edificio —explicó el piloto 339.

—Entonces, si no hubo contacto físico ni visual, ¿cómo explicas la intensa secuencia que se desencadenó en tu cerebro, según lo que has descrito?

—Es en este punto de la entrevista cuando siempre la interrumpimos, y digo que no seguiré hablando, ya que nadie tiene respuesta a lo sucedido. También recuerdo que el único que experimenta los síntomas soy yo, y que la Tierra en la que aterricé no era la Tierra que esperábamos encontrar.

3. NUESTRA TIERRA

Es evidente que lo que ocurrió aquella noche de la alerta OVNI cambió a mi padre de manera irreversible. Su relación con la radio se hizo más intensa, especialmente durante las horas nocturnas cuando sintonizaba programas de misterio y fenómenos paranormales.

Durante el día, su comportamiento se volvió aún más distante y extraño. Parecía vivir en su propio mundo, como si no estuviera realmente presente con nosotros. Ni siquiera la pérdida de mi hermana a una edad tan temprana logró cambiar su actitud. Continuó expresando «que hacía sufrir a alguien sin intención».

Su relación con el tabaco se volvió cada vez más obsesiva, como si estuviera buscando deliberadamente su propia autodestrucción. Finalmente, falleció.

A pesar de todo, sigo sin poder comprender completamente lo que ocurrió aquella noche. Vi a mi padre siendo atacado por algo, tal vez por sus propios demonios. Recuerdo que pasaba horas haciendo cosas extrañas, como desarmar el altavoz de la radio y colocarlo cerca de su garganta, a solo milímetros de ella, mientras respiraba profundamente. Luego volvía a armar el altavoz, lo desarmaba nuevamente y trataba de pegarlo a su frente, como si imaginara que tenía algún tipo de pegamento invisible en ella.

La única frase que repetía una y otra vez era: «Hace más de 26000 millones de años, hice sufrir sin querer, y no era la Tierra que él creía».

4. EN UN PLANETA LEJANO

Centro de Investigaciones Terrícolas

—Ellos no saben que la creación de su universo lo hicimos nosotros —comentó un evaluador del Centro de Investigaciones Terrícolas.

—Ya lo sé —dijo el piloto número 339 con un tono de voz entre aterrado y esperanzado—, hace más de 26000 millones de años, ya lo hemos repetido muchas veces, pero constato que algo ha cambiado dentro de mí, ¡ya no está! Aquello ya no está dentro de mí, es como si hubiera muerto.

—¿Qué quieres decir con eso? ¿Qué es lo que ya no está dentro de ti?

—Él. Ya no está.

Tras años de investigaciones e interrogatorios, se dieron por concluidas las evaluaciones y se decidieron a enviar naves tripuladas para explorar nuevas lógicas o puertas inexploradas del espacio.

El piloto número 339 fue considerado inútil y destinado a labores mundanas.

Descubrió una Tierra que no era la que él creía y una que nadie había imaginado.

3

Todos estamos programados para crear.
La creatividad es lógica, más tiempo libre,
un uno por ciento de suerte, y el resto,
explorar nuestro interior.

Svend Ipsen, escritor de cuentos infantiles.

EN LA QUE NUNCA PENSARÍAS BAJAR

Desde esta altitud, se extiende la majestuosa cordillera pirenaica en su totalidad. Tengo grabado en mi mente cada una de sus montañas, como si estuvieran inmortalizadas en un pergamino o en un lienzo, y podría nombrarlas sin importar el ángulo desde el que las observe. Aunque he conquistado algunas de sus cumbres, no todas, sé que aún soy joven y tendré tiempo para sentir el frío de estas tierras en mis pies.

A lo largo de mi vida, he escuchado muchas teorías acerca del cerebro humano, pero jamás imaginé que nuestros pensamientos podrían ser completamente anulados en cuestión de segundos, minutos o incluso horas.

Aquí, en estas altitudes, el frío es implacable, y en ocasiones resulta desafiante incluso para descansar.

Debido a las extremas temperaturas, ideé un juego cuando tenía doce años: practicaba el arte de no pensar en nada durante breves instantes, dejando mi mente en blanco. Con el tiempo, a los catorce años, podía mantener mi mente libre de pensamientos durante más de quince minutos, y al llegar a los treinta años, era capaz de desconectarme de mis pensamientos durante diez horas seguidas.

A pesar de que nadie me creía, en realidad había creado la nada, una dimensión de la que yo era el único dueño.

Mi mente en blanco iba acompañada de un ritmo cardíaco de veinte pulsaciones por minuto, lo que, en ocasiones, provocaba arritmias cuando regresaba al mundo real.

Mi vida transcurría en un hospital, en el año 1317, ubicado en las remotas montañas de la cordillera, de acceso extremadamente difícil y con un único paso transitable cuando las condiciones climáticas lo permitían. Mis padres, ambos médicos, se dedicaban a atender a los enfermos con alguna posibilidad de recuperación, mientras que yo, con conocimientos en curas y otras habilidades médicas transmitidas por ellos, me encargaba de acompañar a los moribundos en sus últimos momentos.

Siguiendo una tradición similar a la de los sacerdotes del antiguo Egipto, yo también guardaba venenos. De aquella cultura habíamos heredado el conocimiento sobre la amígdalina, un veneno extraído de los huesos del melocotón.

Los venenos, como ha sido costumbre, estaban al alcance únicamente de las clases altas y se consideraban armas maquiavélicas para combatir con enemigos de toda razón.

La mezcla de agua, el polvo de los huesos de melocotón y el extracto de una planta llamada Digitalis garantizaba que mis pacientes terminales, sin esperanza de recuperación, fallecieran en menos de media hora debido a la insuficiencia respiratoria. No sufrirían en ningún momento.

—Para el mantenimiento del hospital y los exteriores del mismo contrataremos a dos hombres —me dijo mi padre—, y a partir del mes que viene, vendrán seis monjas benedictinas del monasterio de San Pedro que se ocuparán de la cocina, enfermería y la limpieza de todas las zonas comunes.

Hubo un momento durante el cual dentro del hospital no me podía concentrar, y comencé a realizar aquella relajación fuera del edificio. Incluso en invierno, cuando las laderas estaban cubiertas de hielo y hacía un frío extremo que prácticamente no sentía.

Podía quedarme inmóvil durante horas sin que mi corazón latiera con su ritmo habitual, disminuyendo su rendimiento.

Mi madre me advirtió del peligro. Ella me explicó: —Cuando abandonas la proyección, entras en convulsión. Tu ritmo cardíaco bajo de las veinte pulsaciones por minuto y tu corazón tiene dificultades para bombear sangre.

Aunque se preocuparon por mí y me advirtieron sobre los riesgos, sabían que no iba a dejar de hacer mis proyecciones.

1. LÓGICA

Usaba la lógica para protegerme durante mis proyecciones. Creé un cubo, inicialmente transparente, con sus seis lados bien definidos. Me introducía en él, y al sentirme ausente, me resguardaba de lo desconocido o de lo que no podía controlar.

La posición que adoptaba era de rodillas con los pies juntos y estirados, las nalgas sobre los talones y los brazos al lado del cuerpo. Inclinaba el cuerpo hacia adelante y colocaba la frente en el suelo mientras relajaba los brazos.

A medida que pasaba el tiempo, empecé a darle textura al cubo, y en cada viaje, lo hacía un poco más grande. Esto me permitió cambiar de postura. Dejé de apoyar la frente en el suelo y enderecé la columna.

Con el tiempo, transformé el cubo en un espacio más grande, luego en una pequeña habitación y, con ello, pude ponerme de pie. Cuando me adapté a esta nueva situación, añadí una ventana, aunque no tenía vistas. Meses después, incorporé dos ventanas adicionales y una puerta. No era sencillo, ya que a medida que añadía elementos a mis proyecciones, experimentaba más problemas de salud en mi vida real.

2. TIEMPO LIBRE

Después de mi trabajo en el hospital, que solía terminar a media tarde, mi vida se volvió monótona. Leía y poco más. Era evidente que nunca tendría una pareja y que mi vida continuaría de esta manera.

Desde aquel simple cubo inicial, poco a poco comencé a construir una vivienda con cuatro habitaciones, una cocina, una letrina y un área de descanso con una gran librería.

Mis proyecciones me permitían moverme por toda la casa, hasta que, no sé cómo, probé a salirme de aquella creación. A aquella acción la denominé «salirse del mapa», lo que me permitía verlo todo desde fuera.

Desde una perspectiva elevada y en completa oscuridad, contemplé mi creación, mi pequeño rincón en el nuevo mundo.

En ese momento, no me di cuenta del peligro que estaba corriendo. Por un instante, temí que quedará atrapado allá arriba, sin poder regresar a mi nuevo hogar. Tuve un breve momento de bloqueo, pero luego logré regresar a la casa.

Con el tiempo, fui perfeccionando esta técnica de «salir del mapa» hasta dominarla por completo. En sucesivas salidas, di a mi casa una fachada de piedra y cristales colocados en las ventanas.

3. UNO POR CIENTO DE SUERTE

¿Cómo conseguí salir fuera del mapa? Ahí está ese uno por ciento de suerte; tan impredecible, aún me resulta enigmático.

Todavía no sé cómo llegué a imaginar aquello, quizás deseaba observar mi existencia desde una perspectiva ajena, como si quisiera mirarme desde el otro lado de un espejo.

Aprovechando esta nueva destreza, me aventuré fuera de los confines de mi morada. La rodeé de vegetación y tendí un camino de piedra que, de momento, no llevaba a ninguna parte. Iluminé el exterior de la casa y cerqué el recinto. Desde entonces, comenzó mi exploración.

Soñaba con vivir junto al mar, ese vasto horizonte que jamás había experimentado en la realidad, sino solo a través de lienzos y páginas de libros. A medida que los años avanzaban, mi vida en el mundo real se convertía en una rutina monótona.

—Desde que tu madre nos dejó, me siento desolado, sin fuerzas, sin motivación. Te ruego que me reemplaces —me pidió un día mi padre.

—No puedo decirte que no; te daré mi ayuda, pero no puedo comprometerme al nivel que lo hiciste tú. Comprendo que esperas mucho de mí, pero carezco de la educación médica y la pasión que tú poseías.

Continué administrando aquel veneno, aunque en menor medida, reservándolo para aquellos que más sufrían.

Ciertamente, llegaban menos enfermos. El mundo evolucionaba gradualmente, y se establecían nuevas rutas comerciales.

No quería ser un simple espectador en esa realidad, y siempre que podía, escapaba de ella.

Tras descubrir cómo trascender los confines del mapa, me aventuré más allá de los límites de mi hogar. Construí un paseo marítimo junto a la costa, comenzando desde el frente de la casa original, que con el tiempo llegó a tener casi un kilómetro de longitud.

Planté árboles y diseñé jardines en los alrededores, erigí un muro para definir el paseo y esparcí arena en la playa. Cada regreso se volvió más exigente, castigando mi corazón, pero aquella luz que había concebido tenía un atractivo inmenso, superior a la oscuridad de mi vida real.

Años después, mi padre falleció, y asumí la dirección del hospital, contratando a un médico para el cuidado de los enfermos.

Fue durante una de mis proyecciones que, sorprendido, escuché un estruendo atronador. Salí de casa y observé cómo el agua del mar se agitaba. Había creado el mar según lo había imaginado en grabados, dibujos y pinturas, pero nunca lo había visto en movimiento ni escuchado su rugido. Toqué el agua tímidamente con la punta de mis dedos y luego con las manos. Finalmente, me desnudé y me tendí en la orilla, aunque con precaución, ya que no sabía nadar.

4. SE ESTREMECEN LOS SENTIMIENTOS

Me hacía anciano, y mis latidos eran cada vez más débiles. ¿Y si creaba a una persona que me acompañase para siempre?

Caminaba con tranquilidad por el paseo de las olas cuando, a lo lejos, vi a un hombre acercándose hacia mí.

En ese momento, experimenté una emoción inesperada al verlo avanzar hacia mí. Ninguno de los dos se detendría, y estábamos a punto de chocar. Decidí frenar, pero él continuó su marcha, pasando directamente a través de mi cuerpo, sin notar ni ver mi presencia.

Con rapidez, «salí del mapa» y observé desde arriba cómo el hombre se alejaba por el paseo. Intenté hablarle, pero él no respondió a mis palabras. Desesperadamente, creé un banco junto al muro de piedra, donde se sentó. Yo hice lo mismo y lo examiné detenidamente. ¿Cómo era posible? Mientras lo miraba, veía cómo sus recuerdos olvidados cobraban vida, causándole angustia.

—Detén tus pensamientos y mírame —le decía, pero no lo lograba.

Lloraba, claramente dominado por el miedo, incapaz de controlar sus pensamientos y emociones.

Quería que me mirara, que pudiera concentrarse en el presente, pero parecía imposible. Le rogué que me mirara una y otra vez, pero no lo lograba. Finalmente, se puso de pie y descendió hacia la arena de la playa. Una vez en la orilla, siguió caminando hacia el mar, adentrándose en las olas hasta que desapareció entre ellas.

Corrí hacia la orilla, buscándolo con la mirada entre las turbulentas olas, esperando que emergiera del agua. Sin embargo, nunca lo hizo. Nunca antes había sentido tanta angustia. Se había ahogado.

5. DAÑOS IRREPARABLES

Después de ese incidente, volví a la realidad. Me pregunté cómo podía sentirme de esa manera por una persona a la que ni siquiera conocía.

Me levanté temprano, sin que nadie en el hospital se diera cuenta de mi partida. Estaba descalzo y sin ropa. Subí y subí, quizás hacia la cima más alta, y desde allí busqué el mar, pero no pude verlo.

Finalmente, llegué a mi otra casa. Corrí por el paseo marítimo. Aquí, soy joven, y mi corazón late con fuerza. También busqué en la playa, pero no lo vi.

Sé que para ti soy insignificante, y quizá sea esa estación de tren tan perdida y alejada de todo *en la que nunca pensarías bajar.* Sé que un día subiré al pico más alto, y mis latidos serán para ti para siempre. ¿Quién quiere vivir para siempre?

Yo, pero solo junto a ti.

4

Una persona que no sabe lo que será,
es como un bebé que no sabe lo que fue.
Un pensamiento imperfecto jamás
es anormal, solo está desorientado.

Svend Ipsen, escritor de cuentos infantiles.

VESTIDA DE HIELO

QUILIN

Llueve con una energía poderosa, pocas veces había visto diluviar así.

Corro como siempre por el parque de Daewangam en busca del mar; su visión me reconforta.

Mi hermana Munmu morirá y sus restos serán incinerados y enterrados en las profundidades del océano, en un mausoleo submarino, se convertirá en un dragón y evitará las futuras invasiones de los usurpadores japoneses.

MUNMU

Mi hermana Quilin cuida de mí y se preocupa por mi bienestar, pero no comprende que me acabo, que el final de la noche siempre da paso al amanecer, y el sol de Ulsan inevitablemente me derretirá. Sé que, tarde o temprano, olvidaré esos momentos en los que jugábamos en Daewangam, cuando recogíamos ramitas del suelo y las usábamos para crear siluetas.

Mi hermana Quilin sería capaz de enfrentarse a un dragón y conquistar Japón al mismo tiempo.

CIUDAD DE ULSAN

Ulsan es nuestra ciudad y vivimos en el distrito de Dong, con el Mar de Japón siempre presente en nuestras vidas. En tiempos antiguos, esta zona solo era un puerto que albergaba barcos balleneros.

Nuestros padres son sencillos, los dos trabajan en una fábrica, son fieles a la empresa, y se desviven por su trabajo; el resto del tiempo lo dedican a nosotras, nunca dejan de lado nuestra educación y nuestro tiempo de asueto.

Nosotras, como adolescentes, sufrimos el estrés escolar de la modernidad, no queremos defraudar a nuestros padres, y pretendemos saber ya, nuestro futuro.

Día a día, somos prisioneras de una competencia total que nos destruye por dentro: queremos ser más altas, más guapas, y ser mejor que nuestras oponentes.

Algunas chicas de nuestra edad se someten a cirugías para modificar la forma de sus ojos, y otros padres llevan a sus hijos a clínicas donde les realizan masajes para asegurar un mayor crecimiento en el futuro.

Nos preocupa la deriva hacia la nada que parece definir nuestra adolescencia, y sentimos miedo. Al mismo tiempo, debemos ser fuertes para evitar caer en los mismos traumas que otros han experimentado.

QUILIN

A medida que hemos crecido, hemos sentido la necesidad de distanciarnos un poco la una de la otra. Aunque somos hermanas gemelas y estamos unidas de por vida, necesitamos nuestro propio espacio.

Recientemente, me teñí el pelo de rojo y le dije a Munmu que no se le ocurriera hacer lo mismo. Ya no vestimos igual y hemos encontrado algo que nos diferencia: la música. A mí me encanta el K-Pop, pero ella no lo soporta. Me visto como mis ídolos, con ropa juvenil y llamativa. Siempre intento tener la última novedad musical, dentro de lo que puedo permitirme, ya que todavía estoy estudiando y no tengo más dinero que el que me dan mis padres.

No sé si llegaré a la Suneung, la selectividad. En realidad, no me importa lo que seré en el futuro. Puedo trabajar en una fábrica apretando tornillos y estaré igual de contenta. No quiero desperdiciar este momento por un futuro en el que no creo. Aunque soy una buena estudiante, no tanto como mi hermana Munmu, saco buenas notas.

No pienso más allá del mañana y no quiero atarme a nada. Munmu prefiere susurrar en lugar de gritar, quiere pasar desapercibida. A mí me gusta más buscar una luz en el cielo nocturno que una nube en el diurno. Quiero que cada cosa que haga sea diferente de lo que hice antes y que cada brazada que dé en el mar sea distinta de la anterior.

MUNMU

Mi hermana Quilin es histérica e impaciente, ha cambiado su manera de pensar. Nada más verla, sé lo que quiere y qué le pasa, y a ella le ocurre lo mismo conmigo.

No estudia lo suficiente para su futuro, mientras que yo paso doce o tres horas al día estudiando. Estoy segura de que lograré pasar la Suneung y entrar en una de las tres universidades de la ciudad.

Me gusta escuchar K Indie, que es completamente diferente de lo que le gusta a mi hermana y a sus amistades. A ella no le importa lo que será, solo le interesa lo que es, y en eso la envidio.

Mis ojos no ven las sonrisas de los demás, solo ven lo que pretendo ser dentro de unos años, lo que significa que no tendré recuerdos del hoy. Siempre pienso que es más cómodo derretirse que seguir vestida de hielo.

LA CLAVE DEL SUNEUNG

Las dos hermanas siguieron caminos diferentes. Quilin no se preparó para el Suneung; Munmu, sí. Vivían con sus padres, y aunque Quilin ya pensaba en marcharse de casa, todavía consideraba que no estaba lo suficientemente preparada. El Suneung determinaría qué sería Munmu en su futura vida, por lo que se preparó intensamente. Se preguntaba dónde trabajaría, cuánto cobraría, a qué clase social pertenecería y con quién podría casarse. Desde primaria, pensaba en el Suneung.

Pero Quilín no pensaba en ello. Hacía tiempo que sus padres

desistieron en convencerla de que se marcara ese objetivo. Ahora la aceptaban e incluso veían ventajas en su enfoque. El lema era: «Si estudias y duermes tres horas al día, entrarás como ejecutivo en una fábrica. Si duermes cuatro horas, apretarás tornillos en la misma fábrica».

Munmu recibió clases privadas después de la escuela y luego en casa seguía estudiando. Munmu quería que sus padres estuvieran orgullosos de ella.

Munmu no quería darse cuenta de que sus padres estaban igualmente orgullosos de ella.

Fueron años muy duros para Munmu, y los mejores para Quilin, ya que fue durante ese tiempo cuando ambas descubrieron quiénes eran en realidad.

QUILIN

Mis padres se preocupan por mi hermana, y con razón. Llega el Suneung, y Munmu solo quiere estudiar.

Ellos le advirtieron que tenía que hacer espacio a otras cosas, que veían muy bien que se preparase para el examen, pero no con aquella obsesión e intensidad.

Mi vida dio un giro, sentí que mi hermana me necesitaba. El Suneung la estaba destrozando; quedaba poco para el examen.

MUNMU

No tengo horas para vivir, sigo dudando de mis capacidades, no tengo la voluntad suficiente para saber si podré ser lo que quiero recordar en un futuro.

Me abrazo a mí misma en busca de consuelo, y cuando veo a Quilin, sé que lo está pasando muy mal, pero no sé por qué no puedo demostrarle lo mucho que la quiero.

No deseo defraudar a nadie.

La música era lo único que me relajaba. Me hacía sentir que caminaba sobre una nube, pero era consciente de que no estaba realmente en ella. Solo sabía que estaba desesperada por poner fin a todo. ¿Cómo era posible soportar esa situación? Casi no dormía, ni comía.

EL FIN DEL SUNEUNG

Una vez pasado el examen, cenamos los cuatro juntos. Munmu no habló mucho, nos contó un poco por encima cómo se había sentido durante las pruebas, pero nada más. Las notas se las darían al día siguiente.

Rechazó tomar las pastillas para dormir recetadas por el médico. No logró conciliar el sueño. Éramos todos conscientes de que los momentos previos a recibir las calificaciones serían inquietantes e impredecibles. Munmu salió de casa muy pronto, sobre las seis de la mañana. Casi no había dormido. Llevaba consigo una pequeña botella de agua y sus cascos de música puestos. Escuchaba sus canciones preferidas en bucle para que no acabaran nunca.

No dejó que le acompañase nadie. Iría sola a su centro de estudios, donde le comunicarían las notas. Lo que nadie sospechaba en ese momento es que Munmu no se dirigía realmente al instituto. Munmu fue a Daewangam, a nuestro parque, al que habíamos ido toda la vida. Caminó hasta llegar al mar, deseaba que el tiempo se desballestara como maquinaria antigua.

«Atravesé el puente y llegué a la plataforma de rocas. El mar se extendía ante mí en todo su esplendor, con aguas tranquilas que reflejaban la luz del sol en las rocas, tiñéndolas de colores vibrantes. Tenía el deseo de tocar el mar, pero antes de hacerlo, tomé todas las pastillas que tenía para dormir. Descendí hasta las rocas más cercanas al agua y, oculta entre ellas, me dejé llevar por el sueño. Con el avance de la marea, me vi balanceándome entre las olas».

Yacía en el lugar donde la encontraron a las nueve de la mañana, cerca de donde quedó dormida, ahogada, y con múltiples golpes causados por las rocas. Se había quitado la vida, como tantos otros jóvenes que no podían soportar la presión del Suneung, ese maldito examen.

Solo uno de cada cincuenta estudiantes logra acceder a las prestigiosas universidades de élite. Munmu había aprobado el Suneung con una calificación excelente.

5

Érase una vez una nube que estaba tan alta,
que los niños se arrancaban los ojos,
los tiraban hacia arriba, y veían que,
ni había nube, y ni estaba tan alta.

Svend Ipsen, escritor de cuentos infantiles.

LA GRAN NUBE

Coordenadas 19°24'44"N 98°42'45" O.

Monte Tláloc. Sierra de Río Frío. 4120 metros de altitud.

En el México prehispánico, el Monte Tláloc era una de las montañas donde se celebraban un gran número de actos o ritos de consecuencias muy diversas. Era considerada una montaña sagrada. Me perseguían los hombres del malvado dios Hutilec tras haber cometido aquella barbaridad en aquel monte, en el que suponían que tocaríamos las nubes.

Soy un cartógrafo de reputación considerable, no de esos que inventan o suponen. Aprendí cartografía en Amberes en la segunda mitad del siglo XVI y, sin duda, los cartógrafos chinos son los que más me gustan.

Mis viajes a través de las diversas civilizaciones y a lo largo de diferentes épocas de este mundo me habían llevado a crear y elaborar lo que podríamos llamar la verdadera cartografía imposible.

Imposible, porque al superponer un mapa sobre otro de un lugar específico en las múltiples épocas y civilizaciones que existen a lo largo de la eternidad, nunca coincidieron de manera perfecta.

Nos centraremos en mi viaje a Mesoamérica, que ahora conocemos como México, alrededor del año 3800 a. C.

La lengua predominante en ese territorio era la lengua otomangueana, más específicamente el otomí. ¿Tuve que aprenderla? ¡Claro que sí!, tanto hablada como escrita. ¿Fue difícil? Sí, como muchas otras.

Hutilec era el gobernante de esa vasta región, ya sea considerado como un dios, un semidiós o bajo cualquier otro título que encabezara la jerarquía. Me di cuenta de que guerrear era su forma de vida; no tenían otra ocupación. Conquistar territorios para, en un futuro, perderlos.

Como comprenderán, no puedo proporcionar detalles sobre cómo realizamos estos viajes ni quiénes están detrás de estos esfuerzos; somos científicos en busca de un futuro más estable, aprovechando el conocimiento del pasado.

En este viaje en particular, mi objetivo principal era mapear la producción de maíz en la región y en cualquier área donde se desarrollara este cultivo.

Para mantener tranquilo a Hutilec y evitar su intervención en mis investigaciones, de vez en cuando le proporcionaba una actualización de la cartografía de sus tierras, lo que lo entretenía y le hacía creer que sus conquistas eran aún mayores de lo que realmente eran.

En nuestro primer encuentro, Hutilec me presentó a sus dieciocho esposas y, uno por uno, a todos sus hijos e hijas, que eran al menos sesenta, según mis cálculos. Sin embargo, elogiaba especialmente a su hija Ixchel, a quien consideraba la más hermosa. Su nombre significaba «diosa de las mujeres y de la luna». Según él, sus ojos eran los más maravillosos del universo. Ixchel era una niña de unos seis o siete años.

Hutilec asignó un asistente para ayudarme en mis labores, un niño que era considerado el menos apto para convertirse en guerrero en aquellas aldeas. Me acompañaba a diferentes lugares, pero no siempre ofrecía las soluciones adecuadas a mis problemas. No obstante, era extremadamente atento y servicial.

Mi primera topografía de la región había dejado a Hutilec muy satisfecho, pero constantemente me pedía que ampliara sus dominios y que ilustrara las áreas que desconocía. Argumentaba que esto le daría una ventaja estratégica en sus futuras batallas, permitiéndole anticiparse al enemigo. Esta situación me incomodaba, ya que me ponía en peligro. Si los mapas no cumplían con sus expectativas, podría sacrificar mi vida en uno de sus rituales.

Mi tarea estaba lejos de estar completa cuando Hutilec me convocó en su Templo del Sol.

—Estoy muy satisfecho contigo, pero para convertirme en un dios eterno, necesito un mapa de todas las nubes —declaró.

—Entienda que lo que me pide es prácticamente imposible de lograr —respondí.

Hutilec, en tono amenazante, me advirtió:

—No hay nada imposible para mi pueblo, o conocerás las fosas del olvido —dijo, señalando unas fosas llenas de agua con cocodrilos.

—Necesitaré más tiempo para completar esa tarea —concluí, y él accedió a darme más tiempo.

Mientras continuaba trabajando en los maizales, aproveché para realizar un mapa de las estrellas y dibujar cuatro nubes, junto con algún que otro detalle. La presión era constante, ya que sus guerreros estaban en pleno avance y Hutilec necesitaba mi cartografía para guiar sus movimientos.

Él me mostró algunas tablillas que representaban las estrellas visibles desde esa región y época, así como planetas y otras constelaciones.

No sé cómo lo hacían, pero lo detallaban de forma clara y precisa. Me quedé embobado observando todo aquello.

Hutilec fue claro en su deseo: quería convertirse en el dios de los cielos y las nubes. Anhelaba el control de las nubes y, por lo tanto, necesitaba un mapa de ellas.

Con el tiempo, se volvió cada vez más difícil hablar con Hutilec. Se volvió antipático y comenzó a infundir miedo. Esto se debió a que sufrió dos grandes derrotas, perdiendo muchos guerreros y tierras en el proceso.

Para recuperarse, casó a una de sus hijas (creo que casaba a un hijo o hija cada mes) con uno de sus enemigos, lo que me dio cierto respiro.

Aprovechando la situación, le pregunté a mi ayudante cuál era la montaña más alta de la zona, y me informó que era el Monte Tláloc. Solicité una escolta para subir, y Hutilec accedió, proporcionándome cuatro guerreros.

Éramos seis bocas que alimentar: los guerreros, mi ayudante y yo. Llevábamos suministros para dos días, incluyendo frutas y otras provisiones preparadas en la aldea, además de varios conejos. Si faltaba algo, los guerreros cazarían lo necesario en el camino.

Durante la ascensión al monte, me dediqué a cartografiar los dos caminos principales. Uno estaba reservado exclusivamente para subir, mientras que el otro se utilizaba para descender. Había un tercer camino que recorría un extinguido riachuelo, oculto entre la maleza y adecuado para caminar. El Monte Tláloc estaba cubierto por un bosque subtropical y contaba con manantiales que abastecían a varios poblados del valle.

La idea de crear un mapa de las nubes me parecía un desafío imposible. Una vez en la cima del Monte Tláloc, decidí que los guerreros dispararan sus flechas hacia el cielo. También exploré otras opciones: até piedras pequeñas a las puntas de las flechas con hilo de Ixtle, que obtuve de las hojas centrales del agave. Sin embargo, debido al peso adicional, estas flechas no alcanzaron la misma altura que las flechas desnudas.

Además de las flechas, los guerreros llevaban tirachinas. Opté por extraer los ojos del último conejo que nos quedaba para comer y los coloqué por separado en la base de cuero de dos de los tirachinas. Luego, los guerreros lanzaron los ojos al cielo.

—Esto nos ayudará a ver las nubes desde arriba —les expliqué.

A partir de ese momento, noté que los guerreros comenzaron a cuestionar mis intenciones y, en ocasiones, los encontré mirándome con desconfianza. Aunque seguían siendo obedientes, sabía que informarían a sus superiores sobre estas extrañas actividades. Esa era mi intención.

El miedo me llevó a realizar acciones que no quería llevar a cabo. Me puse en contacto con el Servicio Meteorológico de la Armada de Chile, que era la institución más cercana a la zona. La forma en que lo hice es algo que no revelaré ahora, ya que sería una explicación muy extensa, pero como saben, tengo la capacidad de moverme en el tiempo a voluntad.

—¿Podrían enviarme la previsión meteorológica de hoy para las coordenadas que les proporcionaré? Además, por favor, manténganme informado sobre cualquier frente tormentoso y proporciónenme detalles sobre la fuerza de los vientos.

Los satélites meteorológicos obtenían imágenes y mediciones de la temperatura de las nubes, que luego podían ser interpretadas. Solo mi ayudante sabía cómo me había puesto en contacto con el servicio meteorológico, cómo obtuve los datos y cómo los registré en papel. Sin embargo, el chico no podía creer lo que veía y no tenía forma de explicar lo que estaba ocurriendo.

Dos semanas después de nuestros días en el monte, Hutilec me hizo llamar. Ya sabía todo lo que habíamos hecho en la montaña, incluyendo lo de las flechas y los ojos del conejo. Lo vi nervioso, muy alterado. Según los rumores, había perdido a más de veinte de sus hombres en una batalla.

Supe que, por temor a los enemigos, había hecho enterrar sus monumentos más emblemáticos y ocultó sus riquezas más preciadas en su interior. Luego, plantaban vegetación abundante sobre la zona para evitar que localizaran los monumentos.

Hutilec necesitaba desesperadamente el mapa de las nubes. No podía replegar más sus fuerzas, ya que estaba perdiendo territorio a un ritmo alarmante y no quería huir de sus tierras.

Fue entonces cuando le mostré lo que había realizado, un mapa meteorológico del siglo XXI. Hutilec alzó las cejas en señal de aprobación, aunque no entendía absolutamente nada de lo que veía.

—Lo has hecho con los ojos de los conejos —dijo Hutilec con

cierta melancolía, como si su oportunidad de victoria se centrara únicamente en eso—. Mis guerreros me lo han dicho. ¿Has podido ver las nubes con los ojos de los conejos?

—Así es —respondí—. Pude crear el mapa desde la perspectiva de un conejo, pero los ojos de los animales no detallan lo suficiente los recovecos de todas las zonas.

Hutilec consultó con su personal de confianza después de escuchar mis palabras.

—Usarás los ojos de mis guerreros —ordenó—. Necesito que tus mapas cobren vida, que incluso yo pueda tocar las nubes con mis propias manos y, si es necesario, montarme en ellas para atacar a mis enemigos. ¡Quiero ser el dios de las nubes!

En aquel preciso momento, mi visita a esta civilización había llegado a su fin, pensé. Necesitaba salir de allí lo más rápido posible y no poner en riesgo mi vida.

—No estoy seguro de que los ojos de los guerreros puedan observar las nubes con la definición que se necesita —le comenté a Hutilec—. Si lo desea, puedo usar los ojos de mi ayudante, son más jóvenes y su visión podría permitirme ver las nubes con la claridad precisa.

Sentí compasión por mi ayudante, pero en esa situación, tenía pocas opciones.

Hutilec consultó con sus asesores, mientras yo me consumía en ansiedad, sin saber cuál sería su reacción.

Después de aproximadamente una hora de deliberación, Hutilec aprobó el uso de los ojos de mi joven ayudante para ver las nubes con mayor nitidez.

—Subiremos al monte Tláloc en doce noches, cuando sea luna llena, y tendremos las nubes de nuestro lado —ordenó Hutilec.

Me dio su plena confianza y me proporcionó instrucciones para organizar el ritual.

En mi mente, solo existía un pensamiento: cómo escapar. Informé a mi ayudante sobre las dos rutas de subida y bajada, así como sobre el camino olvidado que nadie usaba.

Imaginé que podría descender por ese sendero de noche. Aunque habría luna llena, la densa maleza dificultaría el descenso. Supuse que los guerreros de Hutilec no tardarían en seguirnos para intentar cazarnos, pero al no tomar el camino de descenso habitual, mi preocupación no llegaba al extremo del pánico absoluto.

En la cima, en la explanada de los dioses, estaría Hutilec, junto con todo el personal del Templo y todas sus mujeres e hijos.

Yo me ubicaría en un montículo de piedra cerca del camino de escape, lejos de la explanada central, desde donde podría observar cómo se desarrollaba todo.

Llegó el momento de poner fin a este viaje y regresar a mi tiempo y a mi hogar.

El día de la ascensión, mantuve a mi ayudante cerca de mí en todo momento. Cuatro guardias nos escoltaban a poca distancia durante la subida, y un sanador de confianza de Hutilec, a quien había solicitado yo, nos siguió por si acaso surgía algún incidente.

Cada diez o quince pasos, de manera discreta, empujaba ligeramente a mi ayudante. Hice que tropezara, se torciera un tobillo, resbalara o incluso cayera sin causarle daño real. Lo hice en cuatro ocasiones y me aseguré de que el sanador se diera cuenta de lo que estaba sucediendo.

Casi llegando a la cima, y sin que el sanador me viera, le di a mi ayudante un empujón un poco más fuerte. Se tambaleó, enredó sus pies y se fue cayendo hacia atrás. Afortunadamente, cayó en brazos del sanador, quien, al notar los problemas de estabilidad de mi ayudante, comenzó a preocuparse.

Una vez en la cima, le pregunté si podía hacer un breve reconocimiento a mi ayudante.

—Parece que se tropieza con frecuencia, ¿no cree? —le indiqué al sanador.

—Sí, ya lo he estado viendo durante la subida. Podría tratarse de un problema de estabilidad —respondió.

—Sin menospreciar lo que acaba de decir, tengo la impresión de que no ve muy bien. Se tropieza con rocas y ramas, y no parece notar los detalles del camino.

—Es posible. Podría realizarle un examen ocular rápido.

—¡Sí, por favor! Imagine lo que Hutilec diría si los ojos de mi ayudante resultan inadecuados para nuestra tarea. Usted y yo pagaríamos las consecuencias.

El sanador comenzó a examinar los ojos de mi ayudante. Los abría y cerraba, le hacía mirar en diferentes direcciones. En cuestión de segundos, llegó a la conclusión de que el niño tenía problemas de visión.

—Quiero que le cuente esto a Hutilec una vez que toda la comitiva esté instalada, pero no antes, para no interrumpir ningún detalle importante que nosotros no comprendamos.

—Entendido, lo haré como me pide.

Todo estaba preparado para el evento. La luna estaría en su máximo esplendor, aunque eso no me beneficiaría en la bajada. A unos doscientos o trescientos metros de la cumbre, un mar de nubes no dejaba ver el valle ni sus alrededores.

Había muchos invitados en la explanada, representantes de diferentes ámbitos, religioso, cultural y militar. Estaban ansiosos por saber cómo se llevaría a cabo la creación del mapa de las nubes, especialmente cuando no había ni una sola nube en el cielo; todas se encontraban debajo de nosotros.

Finalmente, el sanador le transmitió la noticia a Hutilec.

—Los ojos de ese niño no son adecuados para el ritual.

Suspenderlo no era una opción. En ese rito se determinaba el futuro, sus alianzas y futuras conquistas. Si el resultado no fuera positivo, incluso la Pirámide de los Mares debía ser enterrada para que sus enemigos no pudieran descubrir los tesoros ocultos en su laberinto interior.

Hutilec anunció que el rito continuaría, que no buscarían a ningún joven guerrero y que utilizarían unos ojos diferentes: los de su hija Ixchel. Hubo un breve alboroto y protestas por parte del esposo recién casado de Ixchel, pero nadie podía desafiar la decisión del gran dios. La noche estaba iluminada por la luna, y los ojos de Ixchel se depositaron en un cuenco. Uno de los guerreros usó su tirachinas con todas sus fuerzas para hacer que esos ojos volaran en dirección a la luna y cayeran posteriormente encima de aquel mar de nubes.

El público que asistía estaba lleno de expectación por lo que sucedería a continuación. Murmuraban entre ellos, con la cabeza baja, ante las evidentes dudas que Hutilec mostraba debido al fracaso del ritual.

Los minutos pasaban y no se vislumbraba ningún milagro inminente. En voz baja, algunos comenzaron a hacer comentarios burlones, con temor de ofender a Hutilec. Sin embargo, el gran dios se sintió derrotado y sin poder, ya no se consideró divino. Incluso sus propios guerreros se enfurecieron contra él y lo forzaron a dejar de ser el líder de esas tierras.

Tomé la mano de mi ayudante y comenzamos a bajar rápidamente desde la cima. Muchas horas después, dejé al niño en otra aldea, una de las muchas que había en el valle. Pronto me olvidaría, pero quizás no olvidaría todo lo que había vivido.

Continué mi camino y me prepararé para regresar a mi época, llevando conmigo la cartografía de los campos de maíz, y esperando nuevas aventuras.

Hutilec olvidó que alguna vez había sido considerado un dios y fue castigado a vivir el resto de su vida en una celda de castigo. Nunca volvería a contemplar la gran nube.

6

Como en una guarida de piedras húmedas,
como en una pirámide gótica,
la visión de un legado que nadie busca,
y cuando lo recibe, lo desprecia y nadie lo quiere.

Svend Ipsen, escritor de cuentos infantiles.

EL LEGADO TENEBROSO

Ocurrió en julio de 1971, en una playa del sur de la isla. Aquel sábado, el cielo lucía despejado y azul.

Las libélulas descansaban en las ramas de los cipreses, señal de la escasa brisa que soplaba. Las oliveras permanecían completamente inmóviles, aprovechando el poco aire fresco que había para recuperarse de la calurosa noche.

Me desperté temprano, preparé la bicicleta y me lancé a pedalear a toda velocidad por la carretera que iba de norte a sur de la isla, con rumbo a la playa. Tenía la intención de ayudar a un amigo pescador que estaba renovando una cueva cerca del mar, y a cambio, él me invitaría a comer pescado fresco.

Si bien otras islas cercanas parecían estar siendo invadidas por el turismo, aquí, de momento no. La opinión general era que los turistas venían a disfrutar del sol y no a quedarse para siempre.

Esperaba que nuestra isla no sufriera el mismo destino, y no estaba seguro de cómo reaccionaría la comunidad si comenzaban a construir multitud de edificios en nuestras costas.

Mis amigos comparten mi misma opinión, y todos estamos decididos a hacer todo lo posible para evitar la construcción masiva en nuestra isla. Nadie está dispuesto a dejar un legado sombrío a nuestras futuras generaciones.

Mi amigo Esteban se dedicaba a la pesca, al igual que su padre, su abuelo, su bisabuelo y su tatarabuelo. Aquella cueva que estaba rehabilitando no era más que un refugio para descansar y disfrutar.

Estas cuevas tenían un estatus medio legal; simplemente debíamos ofrecer un presente en forma de pescado al jefe de la comandancia de marina, formalizar y registrar el lugar exacto de la cueva, principalmente para informar a la guardia civil en caso de algún incidente.

Llegué a la playa alrededor de las 11 de la mañana y no vi a Esteban, supuse que estaría por los alrededores buscando algunas cosas que necesitaba.

Subí desde la playa hasta la cueva por un pequeño sendero natural que se abría entre la vegetación. Esteban tenía cerca de diez sacos de cemento, una gran pila de arena, guantes, varias herramientas de albañilería y piedras de diferentes tamaños. También había un tanque de unos cien litros de agua de lluvia para usar en las reparaciones.

Esperé pacientemente la llegada de Esteban, quien apareció poco después.

—Hola Esteban, al fin nos encontramos —le saludé.

—Lo siento, tuve que ir al huerto de mi tío, que está justo al lado, a recoger algunas verduras —explicó mientras señalaba hacia un lado de la cueva. Fruncí el ceño.

—¿Y el pescado? ¿No dijiste que traerías pescado? —le pregunté con cierta decepción. Él me lanzó una mirada tranquilizadora.

—No te preocupes, mi abuelo pasará por aquí y nos traerá algo de pescado —respondió Esteban con confianza.

—¡Excelente! Siempre cumples tus promesas —dije con una sonrisa. El buen ambiente siempre estuvo presente entre nosotros.

Esteban comenzó a mezclar cemento, arena y agua en una cubeta. Colocamos dos hileras de piedras, pero pronto desistimos, ya que el calor era insoportable y agotaría nuestras reservas de agua en poco tiempo.

En la orilla, vimos el bote a remos del abuelo de Esteban varado en la arena. Mi amigo bajó a la playa para recibirlo. El bote estaba lleno de pescado, y su abuelo nos regaló algunas sardinas frescas y dos lenguados, además de ocho cervezas, un cubo lleno de hielo y un frasco de vidrio envuelto en una bolsa de papel, que le entregó a Esteban con mucho cuidado.

—Tu abuelo piensa en todo, ¿verdad? Pescado, cerveza, hielo... algún día deberíamos hacerle un regalo —comenté mientras el abuelo de Esteban se alejaba.

—Y ¿qué le regalamos si ya tiene de todo?

Nos quedamos mirándonos con expresión de duda.

—¿Has visto lo que hay dentro del frasco de vidrio? —preguntó Esteban, mostrándomelo. El frasco estaba protegido por la bolsa de papel.

—Algo se mueve. ¿Qué es?

—Te lo explicaré más tarde, pero bajo ninguna circunstancia abras el frasco. Mejor encendamos la parrilla y disfrutamos de unas cervezas.

Después de comer, cuando eran aproximadamente las cuatro de la tarde y estábamos a punto de terminar, un hombre subió por el pequeño sendero y nos sorprendió.

La cara de Esteban expresó sorpresa, la mía fue de inquietud.

—Hola, señor Antonio —dijo Esteban amablemente—, no esperábamos a nadie por aquí.

—Qué bien estáis —comentó jocosamente el señor Antonio mientras observaba la cueva y las instalaciones que habíamos montado—. ¿Estás arreglando la cueva?

—Sí —afirmó Esteban con cierto rubor.

—¿Ya tenéis el permiso correspondiente?

—Sí, mi padre ya ha ido a la comandancia —dijo Esteban atropelladamente. Mintió, no había comenzado a formalizar el trámite.

—Muy bien, chicos, estaba paseando por la zona, veo que es un pequeño paraíso, buen lugar para vivir.

El señor Antonio se fue por donde había venido. Bajó a la playa y continuó su camino pegado al borde del mar.

—Es Antonio, el arquitecto —gritó Esteban muy conmocionado por aquella aparición, como si le hubiera alegrado su presencia.

—¿Arquitecto?

—Sí, el de las urbanizaciones —exclamó con cierta admiración Esteban.

—Y ¿qué hace aquí?

—Habrá venido para construir en la zona.

—¿Y tú estás de acuerdo con que construya? —le pregunté terriblemente petrificado—. Tu cueva se iría a la mierda, tu playa a la mierda y tu mar, y tu abuelo también. Tu abuelo también se iría a la mierda.

Esteban se quedó en silencio.

Sé que fui tajante y un poco severo, pero aquella cara de complicidad que puso Esteban cuando habló del arquitecto me puso muy alterado.

Acabamos de comer. Quedaban tres cervezas metidas en el cubo donde antes había hielo y ahora había agua fría.

Sobre las 6 de la tarde, cuando bajó un poco el calor, pastamos nuevamente una gaveta de cemento y comenzamos una nueva hilera de piedras; y con ello, olvidar la visita de aquel arquitecto.

—Pues tienes razón, no sé por qué he tratado tan bien al señor Antonio, es capaz de joderme la cueva. Pues mira, soy capaz de emparedarlo dentro, hago una gaveta de mortero y se lo meto en la boca.

El furor de Esteban era evidente.

—No te enfades, tómatelo con calma que hemos venido a pasarlo bien.

—Ya, pero no me he dado cuenta de lo que puede pasar, no podríamos pescar en la zona, ¿de qué viviríamos?

—Nunca se sabe, pero si hacen como en Mallorca, os podéis olvidar de pescar.

—¿Sabes que el señor Antonio quiere crear un pueblo en Binibeker? —comentó Esteban con la intención de sorprenderme.

—No, no sabía nada ¿un pueblo o una urbanización?

—Quiere recrear lo que sería un pueblo de pescadores, si lo construye lo llamará Binibeker Vell.

—Pero allí ahora no vive ningún pescador.

—No. No vive nadie. Ahí está el negocio, pondrán restaurantes y alquilarán las casas para los turistas.

—Vaya estafa.

—Destruirá aquel trozo de costa. —Esteban echó un vistazo al mar con melancolía.

No pasaron ni dos segundos y Esteban gritó.

—Míralo, el señor Antonio. Puede que vuelva a pasar por aquí, seguro que viene de la cala de al lado, ¡se habrá cansado el pobre!

—dijo Esteban con ironía.

Detuvo sus palabras y su mirada se tornó diabólica.

—No querías saber lo que había en el bote de cristal que me trajo mi abuelo —me dijo—. Pues vamos a darle un buen susto al señor Antonio.

Esteban fue a buscar una cerveza del cubo donde antes había hielo y descendió por el sendero hasta la playa, mientras en la distancia, le ofrecía al señor Antonio la posibilidad de tomar una bebida.

El señor Antonio parecía sediento tras su caminata y recibió gustosamente la invitación para unirse a nosotros.

Mis nervios comenzaron a inquietarme cuando el señor Antonio emprendió la subida por el sendero. Esteban, con una risa casi maníaca, parecía disfrutar de la situación. Una vez que el señor Antonio se unió a nosotros, Esteban le ofreció un asiento en uno de los bancos bajo los toldos y le sirvió una cerveza que todavía estaba fría. El señor Antonio aparentaba estar agradecido tanto por la sombra refrescante como por la bebida.

—¿Ha caminado mucho? —preguntó agitadamente Esteban, queriendo iniciar una conversación.

—He estado explorando la zona. ¿Sabes si el arroyo que desemboca aquí se desborda durante las tormentas?

—¿Para qué necesita saberlo? —inquirió Esteban, con cierta aspereza—. ¿Para construir una de esas urbanizaciones?

—Bueno —respondió el señor Antonio, con una actitud de superioridad, sin preocuparse por el tono de Esteban—, era por mera curiosidad. Dado que la cueva está cerca, supuse que tendrías conocimiento de las condiciones de la zona —el señor Antonio dio un sorbo a su cerveza—. ¿No os interesaría trabajar para mí? Un silencio incómodo inundó el ambiente, y nuestras miradas se cruzaron. Consideré necesario que Esteban lo invitase a irse y no le diera más conversación.

—¿Trabajar para usted? —pregunté sorprendido, sin prestar atención a la expresión de Esteban.

—Sí, la costa menorquina es extensa y virgen, y todos quieren vivir aquí. Podríais mostrarme todos los rincones que sepáis, como este, por ejemplo.

—¿Cómo Binibeker? —preguntó Esteban con una mirada ausente.

—¿Estáis enterados? —preguntó el señor Antonio con una sonrisa escondida— Supuse que las noticias no viajaban tan rápido en esta maravillosa isla. Sí, será el pueblo de pescadores, con casas blancas, y puertas marrones, cientos de viviendas, varios restaurantes y todo tipo de tiendas. Vendemos la idea de que fue un auténtico pueblo de pescadores.

—¿Por qué no se dedica a restaurar las casas de los humildes pescadores que malviven por la zona? —Esteban habló con un susurro, y tenía la mirada perdida.

El señor Antonio parecía ciertamente incómodo ante la inestabilidad mental de Esteban.

—¿No ve oportunidad de negocio en eso? ¿Sabe que cada vez que construyen una urbanización, los agricultores y los pescadores pierden sus empleos? —Esteban parecía estar fuera de sí. Me lamenté por haberlo espoleado antes.

El señor Antonio se veía visiblemente incómodo, moviendo

los pies en la arena y palpando la mesa con las manos como si buscara algo invisible. Parecía que estaba considerando levantarse e irse.

—Bueno chicos, tengo que irme. Gracias por la cerveza —dijo con una expresión incómoda—. Si alguna vez estáis interesados en trabajar para mí, tengo una oficina en el centro de Ciudadela. Preguntad por mí.

—Espere un momento, no se levante —dijo Esteban con una sonrisa enigmática.

Esteban entró en la cueva y regresó con el bote de cristal que le había traído su abuelo. Me miró, indicándome que prestara mucha atención a lo que estaba a punto de ocurrir.

El señor Antonio, al igual que yo, parecía sorprendido. Esteban sostenía el bote de cristal en sus manos, con la tapa de rosca perfectamente cerrada. Me di cuenta de que en el interior del bote había una medusa.

—¿Qué es esto? —preguntó Esteban, mostrando el bote con determinación.

—Parece una medusa o algo similar —respondió el señor Antonio con cautela.

—Una avispa marina —dijo Esteban.

Sentí que mis ojos se salían de las órbitas y el corazón rebotaba en el interior de mis costillas. No era posible que Esteban tuviera una avispa marina. Considerábamos que la existencia de aquella medusa era una burda mentira de los pescadores de la zona para inculcarnos miedo. Relataban que la avispa marina databa de hacía millones de años, y que el simple contacto con ella podía matar a una persona.

Aquel ser dentro del bote daba pavor.

Aquella medusa, la avispa marina, no era para enseñársela a nadie, y mucho menos si el portador de aquel bote tenía en su mirada la intención de abrirlo.

—Estás algo nervioso —sugirió el señor Antonio con una loca sonrisa en los labios, mientras Esteban colocaba su mano derecha en la rosca del tapón.

La situación se volvió cada vez más caótica. Esteban, en un acto impulsivo, abrió el bote de cristal y lo dirigió hacia el señor Antonio, advirtiéndome con un gesto que me apartara. Fue entonces cuando la medusa salió del bote y se adhirió a la mejilla izquierda del señor Antonio antes de que pudiera reaccionar.

El señor Antonio intentó desesperadamente librarse de la medusa, agarrándola con fuerza y arrojándola a la arena.

La medusa quedó varada en la arena, moviéndose torpemente. No sabíamos cuánto tiempo podría sobrevivir fuera del agua.

Esteban parecía estar en un estado de excitación inexplicable, mientras que el señor Antonio permanecía de pie, con la cara enrojecida por la picadura y la agitación. La tensión era evidente, y ninguno de nosotros sabía cómo manejarla.

El escenario era extremadamente crítico. El señor Antonio, con la mano en la cara, intentaba hablar pero sus palabras eran incomprensibles. Supusimos que el veneno de la medusa estaba comenzando a hacer efecto, ya que su rostro parecía estar adormecido. Hizo un intento por tocarse la cara con la otra mano, pero estaba prácticamente inmovilizado. De repente, sus piernas se doblaron y cayeron al suelo, comenzando a convulsionar.

—Está sufriendo una embolia —le dije a Esteban—. Le pasa

lo mismo que le sucedió a mi abuelo.

Di dos pasos hacia adelante para acercarme al señor Antonio.

—Ni se te ocurra —me advirtió Esteban—, el veneno podría afectarte. —Habló con claridad, me miraba con una sonrisa provocadora, como si quisiera que yo me reuniera en su gozo, pero de momento me parecía muy difícil asumir todo lo que estaba sucediendo.

El señor Antonio permanecía inmóvil, con el rostro enrojecido y el cuerpo pálido, sus brazos retorcidos y su cuerpo encogido, parecía un muñeco de trapo mal escondido en la arena.

Esteban actuó con rapidez, llenó el bote de cristal con agua, que normalmente utilizábamos para mezclar el mortero, y con una paleta de albañil recogió a la avispa marina y la depositó nuevamente en el bote. Después, lo cerró y se lo llevó al interior de la cueva.

—¿No te da miedo? —le pregunté cuando salió de la cueva, evidenciando mi nerviosismo.

—Si no te tocan sus tentáculos no pasa nada, ya lo has visto, además la he recogido con la paleta.

—Pero ¿viste lo que le hizo al señor Antonio?

—Claro que lo vi.

—¿Y sigues sin tener miedo?

No me respondió. Pasaron unos segundos en los que ambos permanecimos mirando el cuerpo del señor Antonio.

Esteban comenzó a sonreír tímidamente, sus labios se ampliaron, y sus risas empezaron a brotar.

—Nos lo hemos cargado —le dije con pavor, mientras él seguía riendo. Agarré a Esteban por los hombros y lo zarandeé hasta que dejó de reír.

—Claro que sí —me gritó—. Es lo que queríamos, ¿no? Quedamos en silencio, mirándonos.

—Esteban, ¿qué hacemos con el cuerpo?

—Ponte los guantes, ayúdame a meterlo en la cueva y luego lárgate. Nadie debe saberlo. No quiero que llegues tarde a casa y te hagan preguntas. En mi casa pensarán que me he quedado en la cueva a dormir. Si es cierto lo que cuentan de la avispa marina, al señor Antonio se le descompondrán los huesos en pocas horas. Se volverá elástico y podré ocultarlo en la cueva. Tengo el material necesario, no te preocupes. ¡Vete!

No podía creer lo que estaba ocurriendo, nadie debía enterarse.

Salí de esa playa cuando el sol comenzaba a caer. Mi pedaleo era intenso y rápido. Llegué a casa poco antes de que cayera la noche, justo a tiempo para que mi familia no me hiciera preguntas.

Durante el regreso, pensé en tantas cosas, que mi cabeza comenzó a tensarse de tal manera que cuando me estaba aseando en el lavabo de casa, de espanto, comencé a llorar en silencio.

Han pasado ya muchos años desde lo que ocurrió en la playa. Ya tengo muchos años, sigo viviendo en Menorca, donde el tiempo ni se encoge ni se expande.

Sospechábamos que nadie se enteró del hecho en sí. Supimos que buscaron al señor Antonio, pero dedujimos que lo dieron por desaparecido o creyeron que había cometido un desfalco y se había fugado con el dinero robado a otro lugar. Con el tiempo y la falta de trabajo, Esteban y yo nos vimos obligados a pedir empleo en la inmobiliaria que antes era propiedad de Antonio.

Nos lo dieron.

Empezamos poco a poco y nos involucramos tanto en el negocio que nos convertimos en piezas clave. Cuando quisimos parar, nos ofrecieron más y más responsabilidades. Hasta que un día, recuperamos aquel proyecto olvidado que había pertenecido al señor Antonio. Lo financiamos y lo llevamos a cabo: Binibeker Vell, el pueblo de los pescadores.

Ahora la isla no está exactamente como la imaginamos en nuestra juventud, pero estoy seguro de que el legado que dejamos a nuestros nietos no es del todo tenebroso.

7

En una guerra,
ellos eran los primeros en morir;
nosotros los primeros en dejarnos matar.

Svend Ipsen, escritor de cuentos infantiles.

ALGASECA

Los montones de diarios acumulados a lo largo del tiempo, algunos de ellos amarillentos por el implacable paso de los años, me sumergieron en una historia incomprensible y espeluznante.

Allí estaba yo, cumpliendo con mis deberes patrióticos: marinero de segunda, de esos que no se embarcan, en la estación naval de Algaseca. A partir de ahora, simplemente la llamaré Algaseca.

A ojo conté más de 10 000 diarios, apilados y doblados con precisión para evitar que se derrumbaran. Ocupaban un rincón en el pequeño espacio destinado a las guardias.

Curiosamente, en una de esas noches de guardia, me topé con un suceso que tenía que ver con Algaseca. Se trataba de un informe sobre el accidente de un minibús que solía traer a los trabajadores civiles que trabajaban en las instalaciones y que venían desde Cartagena y sus alrededores.

Aquella tragedia se cobró la vida de treinta y ocho hombres. Su identificación fue posible gracias a que el accidente ocurrió después de que el minibús pasara por el control de pases de la garita de guardia de los infantes de marina, que se encuentra a poco más de tres kilómetros de la plaza de la bandera, el corazón de la estación.

Cada individuo que ingresaba o salía de Algaseca pasaba por el riguroso control de los infantes de marina. La seguridad era una preocupación prioritaria y extrema, ya que lo que se ocultaba en el interior de las montañas de la Algaseca, tenía el potencial de poner en peligro toda la región oriental de la península ibérica: talleres de misiles submarinos resguardados en vastas cavernas impenetrables.

Los infantes estaban preparados militarmente para el combate y cualquier tipo de conflicto. En cambio, nosotros, los marineros de azul, éramos considerados prescindibles. En una guerra, ellos eran los primeros en morir, nosotros los primeros en dejarnos matar.

Cuando llegó el verano, me asignaron guardias en la garita del espigón. Ocho horas durante el día y cuatro horas durante la noche. La garita ofrecía refugio del sol ardiente. Acompañado únicamente por un silbato y un papel enrollado con la contraseña adecuada, el cual debía conservar en uno de los bolsillos de mi pantalón. Mi única forma de defensa personal era un cinturón que sostenía un machete, el cual parecía no haber salido de su funda en mucho tiempo.

En los días en los que no tenía guardia, solía acompañar a mi amigo Marín, el conductor del camión de la basura, mientras recorríamos todas las carreteras del complejo de Algaseca en su vehículo. El camión de la basura tenía un olor característico, al igual que Marín. A menudo, podía anticipar la llegada del camión de la basura por la carretera de Cartagena simplemente por su olor. Incluso sabía cuándo Marín se aproximaba a mí sin necesidad de verlo, todo gracias a ese olor indescriptible que se mezclaba entre la basura fermentada y el aroma de los pinos.

Volviendo a las noches en la garita del espigón, debo decir que eran tremendamente difíciles. El mar se extendía a un lado del espigón, algunas noches tranquilo y otras inquietantemente agitado, pero siempre en completa oscuridad, sin posibilidad de adivinar ni siquiera su color.

Desde la garita del espigón hasta el puesto de guardia junto al sollado, había un poco más de un kilómetro de distancia que recorríamos siempre escoltados por el cabo de guardia, tanto en la ida como en la vuelta de nuestras guardias.

Mientras caminábamos, pasábamos junto al pañol de contramaestre, saludando con la mirada a los marineros que estaban destinados allí. También intercambiábamos un breve saludo visual con el enfermero de guardia, cuyo dispensario se encontraba cerca de los talleres. Su mirada parecía recordarnos que estaba disponible para cualquier emergencia que pudiera surgir.

Cuando pasábamos por las puertas de los talleres, lo hacíamos tímidamente, ya que sus cristales eran oscuros por ambos lados, y no sabíamos si alguien nos observaba o se burlaba de nosotros desde dentro.

Los espejos eran una constante en Algaseca. Estaban por todas partes, no solo en los baños. Los podías encontrar en el cuarto de guardia, en la mayoría de las puertas de las instalaciones, e incluso colgados de algunos árboles. También los vehículos tenían espejos en el exterior, y dentro de las instalaciones los encontrarías en la cocina, el comedor y la cantina. Incluso había bidones llenos de agua junto a las carreteras con espejos sujetos a ellos para que cualquier persona pudiera mirarse.

A finales de agosto, cuando mi permiso de treinta y cinco días estaba a punto de comenzar, ocurrió un incidente que puso en duda mi partida.

Aquella tarde de domingo, alrededor de las cuatro, con una temperatura que rondaba los 38 grados, nos hicieron formar en la explanada donde ondeaba la bandera. En el estacionamiento cercano, se encontraba un auto con capacidad para sesenta pasajeros, con el motor encendido. Este detalle nos puso nerviosos a todos.

Mi amigo Marín se encontraba a mi lado en la formación, sudando profusamente y mostrando la misma confusión que yo. Su olor, familiar y reconfortante, me transmitía una leve sensación de tranquilidad. A los pies del mástil de la bandera, había un espejo.

Era uno de esos días en los que el calor era tan agobiante que la mayoría de las personas estarían durmiendo la siesta en el sollado, si no estuvieran de guardia. Sin embargo, en esa ocasión, estábamos allí de pie, treinta y cuatro marineros de reemplazo ansiosos por saber qué estaba pasando.

En cuestión de minutos, dos minibuses aparecieron a toda velocidad por la carretera de Cartagena. Del primer autobús, bajaron veintiún infantes de marina y un suboficial. Del segundo, descendieron dieciocho soldados del ejército de tierra y un oficial.

Pensé que podría haber un incendio en algún lugar de la estación, como había ocurrido a principios del verano, o que tal vez se necesitaba hacer un cortafuegos de emergencia. Incluso consideré la posibilidad de que nos estuvieran llevando a eliminar plagas de procesionaria en los pinos que abundaban en Algaseca.

—¡Rápido, todos al autocar de la explanada! —nos ordenó uno de los infantes de marina.

Subimos al autocar lo más rápido que pudimos, aunque nuestras formas físicas no eran comparables a las de los infantes, quienes nos instaban a ser aún más veloces.

Seis infantes de marina se unieron a nosotros en el autocar.

—Siéntense y no hablen entre ustedes —nos dijeron mientras tomábamos asiento en el vehículo.

Marín era mi compañero de asiento, y aunque estábamos un poco ajustados debido a la amplitud de mis piernas, no me atreví a mirarlo.

El autocar se dirigió hacia Cartagena, y en el desvío hacia Tentegorra, giró por un camino que solo usaban los vehículos de servicio del ejército de tierra. Avanzamos al menos quinientos metros por ese camino sin saber a dónde nos dirigíamos.

Vi que habían instalado pequeños espejos rectangulares en la cabecera de la parte trasera de cada asiento; podíamos vernos claramente el rostro en ellos.

Sin que nadie pronunciara palabra, podía sentir lo que pasaba por la mente de mis compañeros.

Era evidente que no íbamos a un incendio, a tareas de cortafuegos o a la quema de procesionaria en los bosques de Algaseca. El destino era un misterio que nos mantenía en vilo.

Durante un cambio de rasante seguido de una leve curva, en un ligero movimiento de cabeza, percibí que los dos minibuses que transportaban a los infantes y soldados de tierra nos seguían de cerca. Poco después, cruzamos una barrera de control del ejército de tierra y nos adentramos velozmente en un túnel excavado en la montaña.

Marín era conocedor de los diversos tipos de entrada a los túneles, y según las medidas de seguridad que a simple vista se pudieran ver, se sabía si el contenido de la montaña era peligroso o extremadamente peligroso.

Las miradas de Marín me describían que estábamos en un túnel con una gran vigilancia, por lo tanto, lo que había en el interior de la montaña se consideraba de extrema peligrosidad.

El techo del túnel tenía una altura aproximada de unos seis metros, y se podían distinguir los sistemas de ventilación y alumbrado.

El firme por donde circulaba el autobús constaba de dos carriles, y cada trescientos metros, el vehículo disminuía la velocidad para pasar por debajo de arcos de espejos que reflejarían cualquier cosa que pasara por allí.

—Prepárense —advirtió un infante—, cuando se detenga el vehículo, salgan lo más rápido que puedan y formen filas ordenadamente.

Nos apresuramos a bajar del autobús y tratamos de formar filas, aunque nuestros cuerpos no eran precisamente *modelos de geometría*. Aquellos infantes hablaban con dureza y ansiedad, como si no nos conocieran, a pesar de que pasábamos por su control de seguridad dos, tres, cuatro o incluso cinco veces al día.

Marín me dio un pequeño golpe *con su extremidad superior* e hizo que dirigiera mi mirada hacia una parte de aquel lugar.

—Parecen las mismas puertas de espejo que hay en los talleres —comentó Marín en voz muy baja—, los mismos marcos, los mismos colores, son casi calcados.

Desde nuestra posición, podíamos ver la luz que provenía de esas puertas, destellos que cambiaban de color e intensidad constantemente. Los dos minibuses que nos seguían se detuvieron frente a esas puertas, y los soldados que viajaban en ellos bajaron, armados y en posición de combate, apuntando hacia las puertas.

Mi miedo se intensificaba, mi temor afloraba, *mi cráneo semiabombado comenzaba a sentir dolor,* y la rabia estaba a punto de no poder contenerla.

Nos dimos cuenta de la llegada de un carro de combate y dos

camiones de bomberos.

De repente, escuchamos una pequeña explosión que provenía del interior de las puertas de espejo, y las luces se apagaron. Los infantes y soldados que habían estado frente a las puertas retrocedieron varios pasos.

—Suban al autocar de nuevo —ordenó uno de los infantes, haciendo gestos para que lo hiciéramos lo más rápido posible.

El autocar, una vez que el último de nosotros subió a bordo, realizó una maniobra enérgica y se alejó rápidamente de la plaza. Nadie se atrevió a mirar hacia atrás.

Pasamos varios arcos de espejo y escuchamos otra explosión, esta vez mucho más potente que la anterior, proveniente de la plaza que habíamos dejado atrás.

A medida que avanzábamos, comenzamos a ver la luz al final del túnel. Finalmente, llegamos al control exterior, donde el autobús se detuvo y la puerta delantera se abrió. Un hombre mayor, alrededor de 70 años, subió al autobús.

El hombre nos habló con seriedad: —Están ustedes en dependencias militares y están bajo juramento militar. Tienen la obligación de no citar ni explicar lo sucedido esta tarde a ningún militar o civil, dentro o fuera de las instalaciones, bajo pena de arresto y posterior juicio castrense.

Luego, el hombre, descendió del autobús sin despedirse, dio la orden de partir al chófer, la puerta delantera se cerró, y el autobús continuó su marcha.

Al día siguiente, salí de permiso, tratando de olvidar lo ocurrido.

No pude hablar con mi amigo Marín sobre lo sucedido; le dije que cuando regresara de permiso, hablaríamos. Recuerdo su despedida, *sus dos brazos y su tentáculo del hombro me abrazaron con tanta ternura que siempre lo recordaré mientras viva.*

Tras varios días de placentero permiso, mis pensamientos se alejaron de mi vida militar sin darme cuenta.

A medida que los días pasaban, me acercaba al final de mi permiso. Faltando solo cinco días para regresar, recibí una carta que anunciaba que, por orden de la capitanía marítima, se me concedían treinta días adicionales de licencia.

Días después, las noticias informaron sobre una explosión en un barco en Algaseca, un dragaminas. Veintidós marineros de reemplazo murieron en el incidente, todos ellos eran mis compañeros. Marín había perdido la vida en esa explosión del dragaminas.

¿Qué motivó a Marín a estar en el puerto y en un barco? Su trabajo era conducir el camión de la basura.

Después de mi permiso, encaré mi primera guardia nocturna en el espigón.

La lluvia persistía con indiferencia mientras yo contemplaba la garita; me esperaban aún tres horas más de guardia. El viento se intensificó, así que decidí refugiarme en la garita con el recuerdo de Marín, su olor aún perduraba en mi memoria.

Las olas empezaron a agitarse y las ráfagas de viento aumentaron su fuerza. La garita se convirtió en mi único refugio. La lluvia caía con intensidad, y todas las luces, tanto en la explanada como en el espigón, se apagaron. Las únicas luces visibles a través de la lluvia eran las de los talleres.

El viento me zarandeaba dentro de la garita, *a pesar de mi peso.*

Las olas rompían contra el espigón, y los espejos de la garita parecían a punto de estallar. Temía que la estructura frágil de la garita no aguantara.

Las primeras puertas de los talleres estaban a unos treinta metros de distancia. Decidí bajar del espigón. Cada metro se hacía eterno. Me adentré en la lluvia.

A ciegas y casi empapado, *con las garras* toqué la primera puerta de los talleres, pero estaba cerrada.

Afortunadamente, la siguiente puerta estaba abierta. Entré rápidamente y cerré la puerta tras de mí. En ese mismo instante, las luces de los talleres se apagaron. Toqué las cristaleras de la puerta y me dejé caer, apoyando *mis dos narices* en los cristales de espejo. En medio de la oscuridad, no tenía intención de moverme ni de mirar atrás.

Permanecí en esa posición durante un buen rato, luego me incorporé y me quité el abrigo a medida, lanzándolo al suelo. Llevaba una talla sesenta de pantalón y una treinta y seis de camisa, *mi cuerpo parecía una abeja*.

Saqué mi casete del bolsillo del pantalón, tratando de quitarle la humedad como pude, y me coloqué *los tres auriculares*. Presioné el botón para reproducir el contenido de la cinta, y esos breves segundos de silencio antes de que comenzara la música me hicieron erizar *las escamas y las plumas de mi cuerpo*.

Justo cuando la música comenzó a sonar, las luces se encendieron en el taller. Miré hacia atrás, recogí el abrigo del suelo y lo colgué donde pude para que se secara.

Comencé a moverme por el taller.

Había goteras por todas partes y charcos por doquier. Sin embargo, con la música sonando en mis oídos, no sentí miedo ni desesperación ante la situación. A medida que avanzaba por el taller, las goteras y los charcos parecían desaparecer, lo que me llevó a pensar que el taller se adentraba en las montañas.

De repente, unas luces azules me hicieron recordar el incidente en el autobús, y la imagen de Marín volvió a mi mente. Entonces, una sirena sonó, pero no podía decir si provenía de la explanada del espigón o del interior del taller. Decidí apagar la música y me dirigí apresuradamente hacia la entrada del taller en busca de mi abrigo.

¿Me estarían buscando?

Justo cuando estaba a punto de ponerme el abrigo, la puerta por la que había entrado se abrió de golpe. Dos soldados del ejército de tierra, con escudos revestidos de espejos y porras luminosas, me gritaron que me pusiera detrás de ellos.

—Acompáñenos.

Los seguí rápidamente, poniéndome el abrigo como pude mientras avanzaba.

—Se han escapado dos de los seres —gritaban los soldados.

Mi mundo entero cambió cuando vi a los dos seres en el túnel. Uno de ellos se acercaba a nosotros, deteniéndose a solo dos metros de distancia. Lo reconocí claramente, no por su apariencia, que era espantosa, sino por su olor: era Marín. No podía creerlo.

Tenía cabello en la cabeza, un cráneo proporcionado, nariz con dos orificios, labios turgentes y repulsivos en una boca pequeña, dos orejas en los lados del cráneo, un cuello unido uniformemente a la cabeza, brazos con codos y dedos detallados en sus manos, piernas con rodillas y, sobre todo, tenía piel.

Comencé a sentir náuseas.

Los soldados golpearon a los dos seres con sus porras y les mostraron los escudos revestidos de espejos para que se vieran reflejados en ellos.

Qué horror, pobre Marín. ¿Qué estaban haciendo en el interior de esas montañas?

¡La cintura de Marín, su cintura!

Creí que me desmayaría; su cintura era completamente proporcionada y delgada, y sus piernas, sus piernas se doblaban y tenían articulaciones. *Ya no tenía tentáculos, plumas ni esa característica joroba.* Pero su olor seguía siendo el mismo, sí, ese olor especial que lo identificaba perfectamente.

—¡Marín! —grité. ¿Qué te han hecho? ¡No sufras!

Marín no me respondió. Pronunciaba palabras, pero yo no podía entenderlas. Tenía una lengua pequeña que siempre mantenía dentro de la boca y unos dientes diminutos que parecían forzados a permanecer allí.

—¡Marín! —grité con desesperación— ¿Qué te han hecho? ¡Mírate en el espejo y muere!

Me dio a entender que había logrado escapar de las horribles transformaciones que realizaban en el interior de las montañas, que había otros como él, y que todos terminaban igual, con una pulcritud repulsiva y descompuesta.

Parecía que, de manera deliberada, Marín fijó su mirada en uno de los escudos que sostenían los soldados, se observó con atención y no pudo soportar su propio reflejo ni la visión de su cuerpo. Murió de puro horror.

Me sacaron de allí acompañado por los soldados. Me condujeron a la enfermería, donde permanecí durante un tiempo indeterminado, ya que nadie creía lo que les contaba.

—¡Mírate en el espejo! —me dijo el capitán médico con voz grave—, mírate y vuelve a hacerlo. Observa tus cientos de pequeños tentáculos brotando de tu espalda, tus diminutas alas que surgen de tus dorsales, tus dos narices medio aplastadas, tus tres orejas, tus piernas de elefante. ¿Quieres que siga? Por eso hay espejos en todas partes por donde vamos. No para eliminar a los putrefactos perfectos, sino, para recordarnos que somos como somos, lo que nos hace imperfectos y, de alguna manera, afortunados.

8

Jamás debes arrastrarte
junto al imán de la frustración humana,
por ello, harás un surco en tu sangre,
dejaras correr por él un poco de miel por si tienes hambre,
y si hay más, tu boca
morderá el enjambre.

Svend Ipsen, escritor de cuentos infantiles.

SOMOS ENJAMBRE

La mujer fue vetada por Jesús cuando se arropó de los doce após-toles hombres. El Deabru (en su forma humana) contradijo a aquel ser que llamaban «divino»; siempre que abandona su mundo y nos hace una visita, se hace acompañar de las doce hembras que bautizaron el universo.

La gran astucia del Deabru le permite disfrazarse de cualquiera de nosotros. En medio de la guerra entre religiones encuentra ventaja en tanta parodia: «si miras a un esclavo a los ojos, verás su resistencia; si miras a su amo, solo verás su debilidad».

1. REALIDADES QUE SE ESCONDEN

Zikuñaga levantó la mirada. El sol no le daba en la cara. La razón: el denso ramaje de las enormes higueras. Había caminado a través del bosque durante toda la noche, después de haber estado en Zestoa disfrutando de las festividades del pueblo.

Zikuñaga acababa de matar a dos hombres.

Era principios de septiembre y el calor todavía se hacía sentir. Zikuñaga vestía con una camisa oscura y pantalones vaqueros. Sus botas, con suelas rugosas y ajustadas al tobillo, eran perfectas para los bosques resbaladizos tras las últimas lluvias. Zikuñaga lucía el cabello largo, muy largo, llegando hasta la cintura, y lo teñía de negro. Su rostro estaba maquillado; aunque de por sí tenía una tez pálida, aplicaba una base de polvos blancos en la frente, mandíbulas y mentón. Los contornos de sus ojos resaltaban en azul, mientras que sus labios estaban pintados de negro. Con todos estos colores en su rostro, Zikuñaga no destacaba más que algunos de sus amigos de la pandilla.

A pesar de que ella sabía que era la hija del párroco del pueblo, esto no le causaba problemas en su vida. Su vida hubiera sido prácticamente la misma si su padre se dedicara a alquilar hamacas en la playa.

Zikuñaga corría perdida por aquellos bosques, resbalando y levantándose una y otra vez, sin saber qué había sucedido.

2. LA MADRE DE ZIKUÑAGA

Cada 9 de septiembre se solía celebrar la fiesta de Nuestra Señora de Aránzazu. La ausencia de Zikuñaga en las fiestas de Zarautz no despertó sospechas, ya que tenía una coartada perfecta: afirmó haber pasado la noche en su habitación con la ventana cerrada. Sin embargo, la verdad era que había asistido a una fiesta alternativa en Zestoa, que celebraba las fiestas de la Virgen.

—Es cierto que mi hija solía frecuentar círculos góticos en la provincia, y tal vez cometió algunos pecados de juventud, como todos lo hemos hecho, pero me sorprende que estuviera involucrada en lo que llaman círculos satánicos —explicaba la madre de Zikuñaga mientras daba detalles sobre la vida de su hija en la comisaría de la Ertzaintza—. Es verdad que escuchaba música de estilo satánico, pero ella sabía separar la paranoia de ese mundo de su vida con su familia y sus amigos.

A pesar de la seguridad que mostraba ante los demás, la madre de Zikuñaga siempre se cuestionaba en qué momento había fallado en su crianza. Se preguntaba si tal vez había sido demasiado permisiva.

—Es cierto que su grupo de amigos no seguía un patrón convencional, pero ninguno de ellos la indujo para hacer lo que hizo, estoy segura. Nunca hablé con ella sobre su vida sentimental, a nadie le importaba, igual que yo tampoco le contaba la mía. Ni siquiera le he revelado quién es su padre —confesaba.

3. EL PRIMER ENCUENTRO CON DEABRU

El ciclo de la humanidad se repite cada cuatrocientos años. Soy Deabru, como me llaman por estas tierras, o el Demonio, Luzbel, Satán, Belcebú, como me llaman en el resto de los lugares. Mi llegada nunca tiene conclusiones definitivas, pero sí se esparcen semillas que cuajan en el mismísimo aire, y con ello, invado poco a poco cada ángulo, cada comisura de cualquier sonrisa que se esconda en la lejanía.

Tengo el desprecio de la humanidad. Soy el obsceno del Círculo Cerrado, pero tal vez toda esa mala propaganda que desvirtúa mis quehaceres debería ser revertida, y que aquellos que me acusan me quiten todo ese peso de encima.

Fue una tarde de abril cuando encontré a Zikuñaga; ella paseaba por la playa. Yo, recién llegado del Círculo Cerrado, me preparé para contactar con ella, ya sabiendo que era la elegida y una de las doce señaladas.

4. LOS PSIQUIATRAS HAN QUITADO EL TRABAJO A LOS EXORCISTAS

—¿Sigues pensando lo mismo después de todo este tiempo?

Zikuñaga no contestó de inmediato a su psiquiatra. Llevaba cuatro años asistiendo a sesiones mensuales, y probablemente ya estaba cansada de ellas. Estas sesiones formaban parte de la pena que le habían impuesto por lo que había hecho, pero se suponía que era mejor que los cuatro años que pasó en aquel «internamiento terapéutico», como lo llamaban.

Aún le quedaban cuatro años más de libertad supervisada, por lo que era importante mantener una buena relación con el psiquiatra.

—Sí, sigo pensando lo mismo. Como le he dicho en otras ocasiones, no era yo. Pero soy consciente de que lo que sucedió fue completamente miserable. Esos dos hombres no tenían culpa de nada, y nunca dejaré de reconocerlo.

—¿Todavía escuchas voces, ves sombras amorfas, y te asustas con los portazos?

—No. Ya no escucho las voces, las sombras todavía me asustan, pero no tanto como en aquel entonces, y sí, cada vez que una puerta se cierra, debo admitir que me sobresalto.

—Es normal. Con el tiempo, esos detalles irán mejorando.

5. DEABRU SE PRESENTA

Aquel tipo llevaba un frac, una chaqueta entallada que llegaba hasta la cintura y estaba abierta por la parte delantera. Vestía todo de negro, con un chaleco, camisa blanca y un corbatín rojo. Además, llevaba un gabán negro a pesar de la temperatura cálida, y sostenía un sombrero de copa en una mano. En la otra, llevaba un bastón que parecía innecesario. En el lado derecho de su pecho, lucía varias medallas que parecían distinciones militares, pero lo extraño eran sus colores intensos: rosa, amarillo y verde.

Dentro de aquel ambiente festivo, y en particular en esa fiesta alternativa llamada «La visita del Gran Carnero», su apariencia no parecía fuera de lugar, ya que la mayoría de nosotros estábamos disfrazados de góticos, románticos o algo similar.

Se presentó sin rodeos.

—Soy Miguel Lucas Lili Idiaquez Moyua, esposo de María Martínez de Pisón San Vicente, mariscal de campo y gobernador de Tolosa.

Realmente había preparado su historia en detalle. Todos estábamos interpretando algún personaje, pero él lo había llevado al extremo.

Reí, no me esperaba que nadie se presentara de manera tan detallada.

—Soy Zikuñaga, no tengo pareja, ni soy nada ni quiero ser nada en la vida. Solo quiero ser una persona.

El tipo tenía gracia, pero yo no estaba muy interesada en entablar una conversación. Al principio, pensé que solo estaba diciendo tonterías para ligar conmigo.

No pude determinar su edad, ni siquiera logré percibir su físico. La vestimenta que llevaba no dejaba clara su altura ni su tez. Apenas pude vislumbrar una barba frondosa y unos ojos ligeramente rasgados; la oscuridad de la noche y la escasa iluminación del lugar no ayudaban.

—Me encanta tu nombre, Zikuñaga. Eres una de las siete vírgenes negras de tu tierra —dijo Deabru sin rodeos.

—Sí, eso tengo entendido —respondí de manera breve y poco interesada.

—No pareces darle mucha importancia a tu nombre, ese que llevarás contigo toda tu vida.

—Para mí, los nombres no son tan relevantes. Además, ni siquiera recuerdo el tuyo.

—Miguel Lucas Lili Idiaquez Moyua —recitó Deabru de un tirón, con una expresión cómplice en su rostro.

—Bueno, ya lo has dicho, pero tus amigos deben llamarte de alguna forma más sencilla, ¿verdad? ¿O todos tus apellidos siempre están presentes?

—Mis amigos me llaman de muchas maneras, pero tú puedes llamarme como prefieras en cada momento.

—Qué tontería —respondí con desinterés.

Deabru dejó de hablar y pareció sumirse en sus pensamientos, con la boca entreabierta. Observaba a su alrededor con un ligero estiramiento de cuello y de vez en cuando tocaba las medallas en su pecho, como si fuera un gesto nervioso.

—Veo que no me tomas en serio —dijo Deabru, riendo.

Deabru soltó una carcajada sonora.

—Sí, te tomo en serio, pero no estoy aquí para romanticismos baratos. Vine a divertirme y a hacer amigos.

—Puedo ser una de esas amistades —intervino el desconocido con dulzura—. Podría llegar a ser un buen amigo.

—Ya, pero siento que soy demasiado joven para ti.

De nuevo, el desconocido río a carcajadas. La atmósfera entre ellos era relajada, y parecía como si la multitud de la fiesta hubiera desaparecido por completo.

—Estoy seguro de que, si lo deseo, podría ser más joven que tú.

—No entiendo a qué te refieres —dijo Zikuñaga, intrigada por la forma de hablar del desconocido—. ¿Cuántos años tienes, hombre del nombre largo?

—Ya te lo dije antes, puedo tener la edad que quieras, diez, veinte, treinta, cien, mil.

—Debes de tener treinta y ocho.

—Correcto, tienes razón, tengo treinta y ocho.

—No, en realidad tienes cuarenta y cuatro.

—Otra vez has acertado, tengo cuarenta y cuatro años.

Ambos rieron alegremente mientras pasaban las horas conversando. Zikuñaga comenzaba a sentir algo extraño, como si le hubieran metido algo en la bebida. Pero no había bebido nada.

6. SOY TU MAMÁ

Aquella mañana, Zikuñaga llegó tambaleándose, a pesar de que ella no bebía. Había pulsado el timbre, cuando siempre había abierto con su llave. Zikuñaga se orinó encima en medio del comedor.

—¿Quién eres? —me preguntó Zikuñaga totalmente ida.

—Soy tu mamá.

—Mamá, ¿y si yo fuera Deabru? —me preguntó Zikuzaga fuera de sí.

Al mediodía, dos miembros de la Ertzaintza preguntaron por ella y se la llevaron.

No me dejaron verla hasta dos días después, gracias a mi abogado. Ella no parecía afligida por la situación, parecía estar esperando algo, con la boca abierta, moviendo la cabeza de un lado a otro y tocándose la parte superior del pecho de su lado derecho, como si buscara algo, daba la impresión de que lo hacía para combatir los nervios.

En el juicio lo admitió todo, aunque hubo dudas de dónde había sacado el puñal para matar a aquellos dos hombres.

7. DEABRU PREGUNTA, EL SIERVO RESPONDE

—Hoy, te sumergirás en una nueva percepción de la vida —anunció Deabru, con un tono intrigante—. Cada día, responderás a cinco preguntas que revelarán lo esencial. La primera indagará sobre una necesidad cotidiana; la segunda, tu fuente de entretenimiento más deleitante; la tercera, el anhelo más profundo; la cuarta, un recuerdo que desearías sepultar, y por último, la quinta, será un desafío personal a cumplir en un futuro próximo.

—¿Realmente esperas que conteste a estas preguntas ahora? Estamos aquí para disfrutar de la música, para reírnos, para sumergirnos en esta fiesta de pueblo —respondió Zikuñaga, sin ganas de filosofía.

La música estallaba con rotundidad en los alrededores, la gente se movía de un lado a otro, aleatoriamente, como si estuviesen en una noria sin caballitos, que se detendría cuando se detuvieran la música y el alcohol.

—Tu mente —replicó Deabru—, es más relevante que tu cuerpo.

—Y tu cuerpo, es lo más tonto que hay en esta fiesta. Yo he venido a hacer el loco, a divertirme, a jugar, a sentir la música, a disfrutar.

—Eres muy graciosa —Deabru rió a carcajadas—. Eres exactamente lo que necesito.

—Sí, tan perfecta e irreal a la vez. Te responderé solo para que dejes de aburrirme; primero, mi necesidad cotidiana es que te calles; mi fuente de entretenimiento en este momento es esta fiesta; mi anhelo es que te marches si no puedes disfrutar; el recuerdo que quiero enterrar eres tú si no cambias de actitud —Zikuñaga parecía no poder aguantar la risa—. Y finalmente, mi desafío podría ser superarte como el Rey del Averno.

La respuesta final desconcertó a Deabru y lo llenó de inquietud.

8. SI EL AMOR ES EL INFIERNO, PERMANECERÉ EN ÉL

La presencia de aquel personaje, Deabru, me incomodaba, pero a la vez sentía una atracción, como si él fuera un imán que me arrastraba y eliminaba mi frustración.

Deabru hablaba de poder, de rebelión, de constancia, de resistencia.

Argumentaba que yo era una de las elegidas, que él representaba el último pecado y yo sería la primera reina o la última esclava.

En un estado entre sueños, como si estuviera abandonando

aquella fiesta de alguna manera, Deabru me mostró un puñal.

—Hundirás este puñal en dos seres humanos, abrirás un surco en su sangre y navegarás por ella hasta llegar cabalgando a la inmensidad, entonces partirás con nosotros hacia el Círculo Cerrado —expresó Deabru, derramando las palabras.

Mis ojos veían a Deabru como si estuviera rodeado de bruma y vapor, a punto de entrar en ebullición, con estelas de fuego y azufre emanando de sus hombros. Mis manos tomaron el puñal y, sin pensarlo, y sin él esperarlo, lo clavé justo entre las medallas de colores, en su lado derecho del pecho.

Sentí que mi cuerpo se desvanecía a través de ese puñal y entraba en el cuerpo de Deabru. Al instante, ya dentro de él, vi mi antiguo cuerpo frente a mí, sacando el puñal de lo que ahora sería mi propio pecho.

Después de este acto, lo que antes era Zikuñaga, con el puñal en sus manos y un gesto de horror en el rostro, examina detenidamente su nuevo cuerpo, consciente de que sería su forma permanente. Comenzó a correr en dirección a la plaza de toros de Zestoa.

9. SOY DEABRU, EL DESTRONADO

Avanzando hacia la plaza con el alma de Deabru, pero encarnando el cuerpo de la joven en la que había depositado mi confianza como la elegida, solo oía una y otra vez en mi mente: «Te mezclarás con el humo del azufre y el fuego de las llamas, te mezclarás con el humo del azufre y el fuego de las llamas».

Sin embargo, esto no encajaba en mi comprensión. Yo, Deabru, no concebía que estas frases, creadas por mí, ahora fueran dictadas por una mente ajena. Ahora, ella era la autora y la que dictaba.

Esperaba abducirla, meterme dentro de su cuerpo, y no fue así. Fue al revés, ella está dentro de mí.

Cerca de los lavabos de la plaza, Deabru, en el cuerpo de la joven, asestó mortales puñaladas a los dos hombres. No opusieron resistencia; no esperaban una muerte tan espantosa. Habían sido elegidos al azar entre la multitud, sin haber sido previamente seleccionados.

10. SOMOS ENJAMBRE

Ya no hay necesidad de preguntas, me entretengo con mi nueva vida, y con el deseo de hacer cada vez más grande el enjambre.
Deabru ha caído en el olvido, y mi desafío fue convertirme en la reina del enjambre, una posición que ya he alcanzado. Ahora, todos somos enjambre.

Para dominarte, tracé un surco en mi sangre, dejé correr por él un poco de miel por si tenía hambre; y si tenía más, que la tuve, mordí tu enjambre.

Pensaste que eras tan grande que creías que tú eras el enjambre; pero no, todos somos enjambre.

9

Se preguntan las caras del agua,
si sospechar de la carencia es limitar la vivencia
a temer mojarse si eres gota de agua.

Svend Ipsen, escritor de cuentos infantiles.

LAS CARAS DEL AGUA

1. SEGURO DE LO QUE VI

A pesar de mis esfuerzos por alejarme, aquel ser seguía persiguiéndome incansablemente por las calles del casco antiguo. No era un espectro; tenía una inteligencia propia y actuaba con lógica. Su apariencia física se asemejaba tanto a la mía que resultaba inquietante y, por tanto, imposible.

—¡Deja de asustarme! No soy nadie para ti.

Por un instante, estuvo a punto de tocarme con sus dedos largos. Sin embargo, cayó al suelo, y su rostro parecía hundirse en un charco cercano. Quise abofetearlo mientras lo levantaba, pero cuando lo alcé, su cara estaba cubierta de barro.

¿Debía considerarlo como un reflejo alternativo de mi propia existencia? A pesar de su asombrosa similitud, él era tan real como yo. No se trataba de un regresado, ni de un viajero en el tiempo; no prometía revelaciones místicas ni comunicaciones con el más allá. Era simplemente un yo distinto, existiendo de una manera que desafiaba cualquier explicación lógica.

2. PENAL DE CARTAGENA, 1889

Visité a aquel reo en cuatro ocasiones, parecía necesitar desesperadamente mi presencia, como si requiriera la atención de un especialista en enfermedades mentales. Lo que relataba era increíble: afirmaba conocer a un ser humano que en realidad era un robot, un «infinito», como él lo llamaba.

Aquel hombre parecía ser alguien de gran cultura, tanto en su discurso como en su comportamiento. Sin embargo, trágicamente, falleció durante su primer invierno en prisión, víctima de una pulmonía. Se llamaba Eloy Resomaserra.

Mi empleo en ese penal llegó a su fin en mayo de 1890. Pocos días después, gracias a uno de mis contactos en la universidad, conseguí trabajo en un hospital de beneficencia. Permanecí allí durante seis meses, aunque lamentablemente no pudieron pagar más por mis servicios, ya que en ese momento el estudio de las enfermedades mentales no tenía prioridad.

3. EL RECADO DE LA CULTURA

Estudié en Madrid, donde obtuve mi licenciatura y luego realicé un doctorado en Medicina. Durante mi doctorado, me sumergí en una variedad de asignaturas, incluida una sobre neuropatías que abordaba alteraciones mentales. Desde el principio, esta área me cautivó profundamente.

Uno de los eruditos más destacados en este campo era Juan Giné, de Barcelona.

Me intrigaron sus proyectos, como la construcción de un nuevo manicomio en las laderas del Tibidabo, su ubicación idílica y los novedosos métodos de trabajo que planeaba implementar. Pensé que esto atraería a muchos médicos jóvenes interesados en esta materia.

Para avanzar en mi carrera, decidí opositar para una plaza de profesor en la Facultad de Medicina de Valladolid. Cuatro años después, logré ganar una oposición como catedrático en la misma universidad. Fue entonces cuando, gracias a mi experiencia y conocimientos, me propusieron impartir la primera cátedra experimental de psiquiatría junto a Vicente Ots.

4. EL ALIENADO NUNCA OCULTA SUS SECRETOS

El Castillo de la Mota en Medina del Campo, una fortificación construida en el siglo XV, había experimentado varios cambios de propietario a lo largo de su historia. En la época actual, algunas de sus estancias se habían adaptado para albergar diversas actividades, incluyendo la enseñanza, conferencias y eventos varios.

Los primeros días de clases fueron algo confusos. Dieciocho estudiantes se habían inscrito en la cátedra, y muchos de ellos no parecían tener una comprensión clara de lo que iban a encontrar. No pensaban que había un punto intermedio entre la razón y la locura. En su mente, el único objetivo era el beneficio económico con los enfermos.

La red de hospitales psiquiátricos estatales estaba gravemente subfinanciada, y, debido a la falta de conocimiento y negligencia, los pacientes sufrían todo tipo de abusos y maltratos.

En la tercera semana de clases, hicimos un viaje a Santiago de Compostela, específicamente al manicomio de Conxo. Todos nosotros, incluyéndome, salimos de allí profundamente conmocionados. Las condiciones en las que se encontraban los enfermos eran deplorables y podrían haber sido objeto de denuncia.

La revelación fue impactante. Alguien, cuya identidad desconocía, había contactado con un semanario local llamado El Medinense y proporcionó una descripción detallada de las horribles condiciones en el manicomio de Conxo.

Antes de publicar la noticia, el periódico deseaba hablar con uno de los responsables de la cátedra. Por alguna razón, decidí que Vicente atendiera al periodista mientras yo me ocupaba de asuntos urgentes en mi estudio. Cuando llegó el periodista, quedó perplejo al descubrir que era idéntico a mí, pero sin barba. Sus rasgos faciales eran exactamente iguales a los míos: misma altura, mismo peso, todo en él era igual a mí. Era completamente imposible. Mientras pasaba a mi lado, lo observé detenidamente. Él me miró, y nuestros ojos se encontraron brevemente. En ese instante, noté que examinaba cada detalle de mi persona mientras seguía caminando sin detenerse.

Después de la larga entrevista, hablé con Vicente sobre el extraño encuentro.

—¿Te has dado cuenta? —le pregunté, visiblemente alterado y perturbado por la presencia del periodista que se me parecía tanto—, es igual que yo —le dije con voz alterada y espeluznado ante aquella presencia.

La reacción de Vicente fue de sorpresa y asombro. Nunca me había visto tan impaciente.

—Lo siento, no vi lo que tú viste —respondió—. ¿Estás seguro de que estás hablando del periodista? ¿Realmente afirmas que se parece tanto a ti? No estaba pensando en ti cuando lo miraba.

Era cierto, había reaccionado de manera impulsiva con Vicente, pero mis nervios estaban tan alterados que no pude controlar mi impaciencia.

5. MELANCOLÍA SENTIMENTAL

El manicomio de San Baudilio en Barcelona, presentaba un panorama interesante. En ese lugar, el 26 % de los diagnósticos correspondían a los trastornos clásicos de manía y melancolía. Sin embargo, nuestros alumnos tenían dificultades para comprender el término «melancolía», especialmente en su contexto relacionado con los sentimientos. Para ellos, la melancolía se asociaba principalmente con la depresión. Un 12 % de los diagnósticos se relacionaban con la depresión causada por amores no correspondidos, rupturas sentimentales, frustraciones o incompatibilidades con el entorno. Solo un 1% de los casos de melancolía se clasificaba como depresión obsesiva, que se consideraba sin posibilidad de recuperación.

Nuestros alumnos mostraron un interés desproporcionado en los aspectos farmacológicos de la psiquiatría, como el uso de bromuros, hidratos de cloral, sedantes y anticonvulsivos. Rara vez nos preguntaban sobre cómo diagnosticar a pacientes con trastornos como la histeria, la epilepsia, la paranoia o la demencia precoz.

El primer año lectivo concluyó sin grandes logros ni entusiasmo. Sentimos que los alumnos no cumplían nuestras expectativas, y nuestra propia motivación para enseñar tampoco estaba en su punto más alto.

La situación en Medina del Campo seguía intrigándonos. La denuncia que se había presentado en El Medinense contra el manicomio no había tenido un impacto significativo, y las autoridades parecían no prestarle la atención adecuada.

Medina del Campo no era muy grande, y en varias ocasiones me encontré con aquel periodista, aquel yo, aquel imposible. Estaba seguro, era mi doble.

Holgazaneando un poco, sentados Vicente y yo en la plaza mayor del pueblo, tomándonos unos reconstituyentes en la terraza de una taberna, vimos pasar a aquel periodista.

—Míralo, Vicente, por ahí va el periodista —le dije en voz baja mientras zarandeaba suavemente su hombro.

—Sí, sí, ya lo veo, pero él no tiene barba, y no sé si es igual que tú, perdóname.

—¡Es igual que yo! Maldigo tu falta de observación.

Al día siguiente, concerté una cita con Vicente a mediodía en la misma taberna.

Vicente me esperaba sentado en la misma mesa del día anterior, pero esta vez tomando una cerveza para combatir el calor sofocante.

—Buenos días, permítame presentarme de manera abrupta, soy Ulpiano García —le dije a Vicente, aunque ese no era realmente mi nombre.

Vicente se levantó de su asiento y, mientras pasaban los segundos, trataba de recordar quién era el individuo que le estaba saludando.

—Ahora lo recuerdo, eres el periodista de El Medinense, ¿verdad? —Vicente me estrechó la mano con decisión y me hizo señas para que me sentara a la mesa.

—¿Aún no tienes idea de quién soy? —le pregunté. Mientras

tanto, hice un gesto al camarero para que me trajera la misma bebida que estaba disfrutando mi compañero—. Soy catedrático, igual que tú, no me reconoces, no soy el periodista.

—¡Te has afeitado la barba! —Vicente se percató de repente—. Es cierto, tú y el periodista sois como dos gotas de agua.

—Sí, dos gotas de agua como las que no se mojan. Me has hecho quitarme la barba que llevaba desde hacía años para demostrarte que tenía razón.

—¿Y el nombre que mencionaste? ¿Lo inventaste o estás de chanza?

—No, el periodista se llama Ulpiano García, lo investigué. Sé que trabaja para El Medinense y su redacción está en el número cuatro de la calle Padilla.

6. FRENOPATÍA

Mientras esperaba el inicio del nuevo curso, durante el mes de agosto y parte de septiembre, me dediqué a llevar a cabo algunos estudios prácticos con pacientes delirantes crónicos, degenerados y dementes. Mi enfoque se centra en pacientes de mayor edad para explorar el deterioro intelectual en los ancianos. Muchos de ellos eran melancólicos crónicos debido a la pérdida de sus parejas ya fallecidas.

Días antes de regresar para el segundo año de la cátedra, decidí visitar a este tal Ulpiano García, mi doble, o yo como su doble. Me dirigí a las instalaciones del semanario y pregunté por Ulpiano.

El hombre que estaba de pie junto a la puerta se inquietó de tal manera por mi pregunta que desfigurado en sus formas y torpemente ataviado, de prisa, entró en el edificio, tropezando su hombro con el marco de la puerta y su costado izquierdo rozando con la pared del pasillo.

Al cabo de unos segundos volvió aquel señor.

—Pase, pase, no se quede ahí afuera. Ulpiano le espera en la primera sala a la derecha.

Entré en el edificio, mientras el portero me observaba con sorpresa, frotándose el hombro magullado por el golpe contra el marco de la puerta. Caminé por un pasillo cuyas paredes estaban adornadas con fotografías enmarcadas, muchas de ellas parecían ser portadas antiguas del propio semanario.

Llegué a la puerta de la sala, que era la primera a la derecha, y me quedé en el umbral, esperando a que me invitara a entrar.

—Pase —dijo Ulpiano, con un tono de voz prácticamente idéntico al mío—. Siéntese —señaló una silla al otro lado de la mesa.

Tomé asiento. Él estaba al otro lado de la mesa.

—Sé perfectamente por qué ha venido —me dijo sin rodeos mientras se sentaba—. Yo también lo he estado observando durante un tiempo, y aunque somos idénticos, no entiendo cómo es posible. Con su experiencia y sus estudios, quizás pueda encontrar una explicación a nuestra increíble similitud.

—Desde que lo vi por primera vez en el castillo, durante su entrevista con Vicente sobre la denuncia del manicomio gallego, no dejo de preguntarme si realmente es posible que seamos tan iguales. He investigado su persona, su fecha de nacimiento y su lugar de alumbramiento, y opino, si no me corrige, que su familia ni le adoptó ni le robó. No somos hermanos gemelos.

—Tiene razón. Nací en la misma familia que me crió, mis padres son mis padres biológicos. No hay ninguna duda al respecto. También he hecho lo mismo que usted, verifiqué todos sus datos personales y no encontré ninguna conexión entre nosotros. También hice lo mismo con Augusto Herrero, el diácono de Segovia. El señor Herrero es asistente del obispo y se encarga de la administración de la iglesia de la Vera Cruz. Augusto Herrero es idéntico a nosotros.

Nos quedamos mirándonos durante al menos quince segundos sin saber muy bien qué decir al respecto. La situación era desconcertante.

—Pero eso no parece posible —respondí. Balbuceé sin control.

Ulpiano respondió. —Usted es el experto en este campo. Si cree que estoy mintiendo, podríamos viajar a Segovia hoy mismo para comprobarlo.

—No, por favor. No dudo de su palabra en absoluto. Pero la idea de que sea nuestro cerebro el que nos está engañando me desconcierta.

—¿También cree que es una ilusión creada por nuestra mente? No somos los únicos que percibimos esta sorprendente similitud. Todos en el periódico están al tanto, y su colega, el profesor Vicente, ya ha aceptado que nuestras características físicas son idénticas.

La conversación dejó claro que esta extraña similitud no se limitaba a sus mentes y estaba documentada por otras personas.

7. EN EL MOMENTO QUE LO IMAGINAS ES POSIBLE

Conforme avanzaban mis estudios psiquiátricos, los diagnósticos más frecuentes incluían locuras relacionadas con la epilepsia, imbecilidad, demencia terminal y diversas parálisis, además de paranoia en diferentes grados. En aquel momento, mi mayor preocupación era la apariencia de mi rostro, que sentía que se estaba devaluando con el tiempo. Decidí dejarme crecer la barba nuevamente y juré no afeitarme durante meses para evitar parecerme a nadie más.

Compungido en aquella desdicha, me dediqué a informarme a conciencia sobre el tema.

Descartando la posibilidad de que todo esto fuera producto de mi imaginación inconsciente, me preocupaba la idea de si estaba sufriendo una paranoia que me llevaba a crear estas situaciones.

Viajé a Barcelona y me puse en contacto con el eminente profesor Juan Giné. En su centro en el Tibidabo, me recibió y trató. El profesor explicó que era posible que dos personas se parecieran básicamente e incluso fueran muy similares intelectualmente, pero que sus cerebros eran únicos y no se podían replicar exactamente.

El profesor compartió una antigua leyenda del sudeste asiático sobre el «diamante de las 1024 caras». Según esta leyenda, todos los seres humanos son iguales y están cubiertos de barro, y generalmente solo limpiamos una de las 1024 caras del diamante que representan nuestra identidad. Si solo limpiamos una cara, la luz del diamante no se muestra por completo, y aunque siga siendo un diamante, no revela todas sus cualidades. La leyenda concluye con la idea de que al escarbar en nosotros mismos, mostraremos toda la luz que poseemos a los demás. De esta forma, el agua suaviza el barro y nos permite vivir las innumerables caras del diamante.

No sé si me ayudó, por no decir que todavía me había dejado menos cuerdo que cuando entré. En mi viaje de regreso decidí visitar Segovia en busca del diácono, el ayudante del obispo en la iglesia de la Vera Cruz, mi otro doble, mi otro yo.

Pregunté por él. Cuando lo vi, creí que me estaba mirando a un espejo, tenía hasta mi misma barba.

—¿Usted también busca el diamante? —me preguntó, como si esa pregunta ya la hubiera hecho en más ocasiones.

No supe qué decir. Ese hombre quizá sabía de la leyenda del diamante de las 1024 caras.

Las palabras del diácono resonaron en mí: —mi gran error fue intentar no parecerme a nadie, se está muy solo siendo único. Busque las caras del agua y olvídese de lo que vea en los demás. Ilumínese.

Siguiendo su consejo, busqué, pero nunca llegué a comprender el por qué de los dobles.

Desde hace años, resido en Barcelona, en el Tibidabo. Me he convertido en uno más de los residentes del manicomio, soy un demente más. Los hombres que me rodean son idénticos a mí, y las mujeres también, incluso tienen mi misma barba.

10

BUSCANDO A SVEND IPSEN

1. EL FARO DEL LLOBREGAT

Tuve la suerte de crecer en una casa muy cercana al faro del Llobregat, justo en la playa. Desde el día que nací, en enero de 1858, mi piel se mantuvo brillante por el sol que iluminaba constantemente esa costa. Mi infancia fue maravillosa, a pesar de que tuve que dedicar parte de mis días al trabajo.

Durante los veranos, solía jugar con Eloy, un amigo que venía con su familia a una de las masías cercanas a la zona. Los padres de Eloy eran industriales textiles y también terratenientes, y pasaban todo el verano en esa parte del río que desembocaba en el mar, desde mediados de junio hasta finales de septiembre.

La madre de Eloy tenía problemas de salud y, todos los días durante su estancia, a primera hora de la mañana, iba a la playa acompañada de su esposo. Con cuidado, se descalzaba y, con la ayuda de él, caminaba por la orilla con los pies sumergidos en el agua. Eloy era parte de la familia Resomaserra, una familia acaudalada con décadas de historia y conocida por su innovadora filosofía de hacer negocios.

El primer verano que conocí a Eloy, ambos teníamos cinco años. Recuerdo el primer día que lo vi. Eloy era un niño normal, delgado, con cabello castaño perfectamente peinado, siempre bien vestido y con una forma de hablar muy educada. Siempre sonreía, era amigable, y estaba dispuesto a ayudar en lo que fuera necesario.

Al finalizar el décimo verano en el que estuvimos juntos, la familia Resomaserra se fue de manera repentina, sin decir una palabra. La madre de Eloy sufrió una grave crisis asmática y fue trasladada de urgencia a un hospital en Barcelona. Trágicamente, falleció pocos días después de su ingreso. Muchos años después, Eloy me buscó. Quería que trabajara para él, y así lo hice.

2. FUTURO IMPERFECTO

Eloy Resomaserra, a menos que algo cambie, cumplirá una condena de veinte años en el penal de Cartagena.

Eloy expandió el negocio familiar y aumentó sus ganancias. Yo, Joan Sagàs, fui su hombre de confianza y lo acompañé en muchos de esos negocios, ganando un buen salario. Me divertía tanto como cuando jugábamos juntos en nuestra infancia. Sin embargo, Eloy tenía un negocio entre manos que no compartía con nadie.

3. 1 DE ENERO DE 1888

Nevaba con intensidad. Los dos caballos que tiraban del carruaje luchaban contra la densa capa de nieve que amenazaba con bloquear las ruedas de madera. Mi fiel chofer y hombre de confianza, Miguel, demostró una habilidad excepcional, y gracias a él, llegamos puntualmente a la estación de tren a pesar de las adversidades climáticas.

La estación lucía desolada, sin más almas en espera que nosotros, guardando la llegada del tren procedente de Lleida. El convoy constaba de tres vagones: uno destinado al transporte de pasajeros, otro para correos y mercancías, y el último, un misterioso vagón cisterna. Nadie más descendió del tren que dos hombres contratados por Eloy, responsables de custodiar el enigmático vagón.

Los operarios ferroviarios de la estación procedieron a desacoplar el vagón cisterna, que en pocos minutos quedó liberado del tren principal. La máquina de maniobras tomó el vagón cisterna y lo transportó hacia las instalaciones de mercancías, donde su contenido, un secreto celosamente guardado por Eloy, sería distribuido según lo que había planeado.

La nevada se intensificaba, dificultando aún más la marcha del tren, que parecía avanzar a trompicones a medida que se adentraba en el blanco paisaje invernal. Dadas las condiciones climáticas, nos resignamos a la idea de que aquel día no podríamos abandonar el pueblo de ninguna manera.

4. 2 DE FEBRERO DE 1888

La falta de información sobre estos transportes nos llenaba de inquietud, tanto a mí como a mi chofer, Miguel. Eloy nos prohibía hacer preguntas y nos insistía en que solo debíamos asegurarnos de que el tren llegara a la estación, sin firmar albaranes ni dar nuestro visto bueno a nada.

El segundo transporte estaba programado para llegar a la estación de Mataró, procedente de Portbou. Al igual que el primero, este tren estaba compuesto por tres vagones: uno para pasajeros, otro para mercancías y correo, y el misterioso vagón cisterna. Esta vez, pudimos notar que el manejo del vagón cisterna en la estación era diferente al del transporte anterior.

El vagón cisterna fue desacoplado a unos trescientos metros de la estación, en una zona ferroviaria al aire libre destinada a la inspección de productos tóxicos o inflamables. Luego, el resto de los vagones continuó hasta la estación.

Cuatro hombres al servicio de Eloy custodiaban el vagón cisterna esta vez. Esperamos durante más de una hora y, desde la plataforma de la estación, observamos como el personal especializado de la compañía ferroviaria revisaba el contenido del vagón.

—Por favor, apártense del vagón —ordenó uno de los inspectores ferroviarios—, manténganse al menos a cien metros de distancia.

Uno de los dos inspectores ferroviarios subió por la escalera del vagón, llegó al techo y retiró el sello de la boca de carga. Luego, revisó la documentación de la cisterna proporcionada por los hombres de Eloy y se preparó para abrir la boca de carga.

El inspector se protegió con una máscara antigás rudimentaria, gafas de protección y una toalla que le cubría boca, nariz, orejas y cuello. Tras abrir la boca de carga, el otro inspector que lo observaba desde tierra, junto al vagón, cayó hacia atrás con un espasmo repentino que lo dejó tendido en el suelo.

Los cuatro empleados de Eloy comenzaron a tambalearse y a moverse con dificultad, visiblemente afectados por los vapores de la cisterna. El inspector que había abierto la boca de carga se dio cuenta de lo que le había sucedido a su compañero y, tambaleándose, cerró la boca de carga antes de bajar por la escalera.

Si esto hubiera ocurrido en un espacio cerrado, como un almacén, es probable que todos hubieran muerto envenenados. Siguiendo las instrucciones de Eloy, nos alejamos del lugar sin hacer preguntas ni buscar más información sobre lo sucedido.

5. 3 DE MARZO DE 1888

El tercer transporte, venía de San Juan de las Abadesas y tenía previsto llegar a la estación de Granollers. Tanto Miguel, como yo, teníamos la creciente sensación de que Eloy nos estaba ocultando algo de gran importancia.

El tren llegó con un retraso de poco más de cincuenta minutos. Estaba compuesto por una locomotora, un vagón de pasajeros, uno de mercancías y correo, y un vagón cisterna. Antes de ingresar a la estación, decidimos que, observaríamos todo desde un almacén de piensos fuera de la estación, que ofrecía una vista clara de las vías y las instalaciones ferroviarias.

Cuando se abrió el vagón de pasajeros, descendieron cuatro hombres que vestían ropas similares a las de los individuos que se habían intoxicado en Mataró. Supusimos que eran los asalariados de Eloy, ya que no vimos a nadie más bajar de ese vagón. Los cuatro se dirigieron hacia la cisterna, donde esperarían a los inspectores encargados de verificar su contenido.

Notamos un extraño silencio en la estación, como si no permitieran la entrada a nadie más. De repente, comenzó a descender del vagón de mercancías y correo más de veinte miembros de la fuerza pública, todos uniformados y armados.

—¡Alto! —gritó quien parecía estar a cargo de la operación—. ¡Todos al suelo y manos detrás de la nuca!

Los cuatro hombres de Eloy obedecieron sin ofrecer resistencia. Dedujimos que aquello podría ser un chivatazo, ya que la policía había controlado el tráfico ferroviario y la entrada a la estación.

De manera sigilosa, nos retiramos del lugar.

6. ANTIGUA CÁRCEL PROVINCIAL DE IGUALADA. 28 DE MARZO DE 1888

—Necesito que encontréis a un señor, se llama Svend Ipsen, es un escritor de cuentos infantiles —comentó con cierta serenidad Eloy Resomaserra—. Por los datos que he conseguido, es noruego, pero lleva viviendo en Almería desde hace bastante tiempo, quizá décadas. Ha escrito más de cien cuentos para niños y un solo libro para público adulto: «Rimas, musas, y conversaciones entre dos infinitos acuáticos»; tenéis que intentar que testifique cuando se celebre el juicio, o al menos, que se pusiera en contacto con mi abogado como parte de su defensa. Por suerte, os he dejado a todos fuera de este negocio, es la única alegría que tengo en estos momentos.

El ambiente olía a cerrado. La sala de visitas de aquella cárcel estaba escasamente iluminada. Nadie parecía sonreír, y hasta noté que la gente parecía contener la respiración mientras esperaba para abandonar las instalaciones.

Creo que Eloy Resomaserra jamás habría imaginado encontrarse en esa situación. Desde luego, yo tampoco, ni nadie en su círculo cercano, y mucho menos por las graves acusaciones que pesaban sobre él: contrabando de sustancias inflamables, robo y profanación de cadáveres, resucitador, estafa continuada y suplantación de identidad médica.

Miguel y yo no teníamos intención de decir nada; simplemente tomábamos notas de lo que Eloy nos decía.

Su traje azulado, hecho a medida, destacaba notablemente sobre aquellas paredes de piedra carcomidas por la humedad y el paso del tiempo, y sus zapatos parecían no querer tocar el suelo manchado de orines y de manchas de sangre seca.

Aguanté ese eterno momento con sobriedad, con la mirada algo perdida y manteniendo la boca cerrada para no emitir un sonido que pudiera malinterpretarse. No deseaba que Eloy me viera mostrando debilidad; teníamos que evidenciar fortaleza y cumplir su deseo de contactar con aquel escritor.

7. PRIMER ESCRITO DE DEFENSA DE ELOY RESOMASERRA

«Dedico este escrito de defensa al vicealmirante, Ilustrísimo Don Miguel Pinares Otendo, para que, con ello, compruebe la veracidad de mis exposiciones y tenga a bien poder reflexionar sobre mi inocencia y concederme mi indulto. Ya que los hechos acontecidos y sí, claramente reconocidos por mi persona, no eran condicionados por nadie más.

Oculté los datos más relevantes de mi investigación hasta a los colaboradores más íntimos, nadie sabía lo que tenía en mente en aras del progreso de la industria.

Siempre he destacado en innovación por encima de todo, pero también en el bienestar de los trabajadores.

No extenderé este escrito en detallar mi inocencia, ya que no considero efectivo tratar en una carta cada uno de los pasos que hice ni las normas que realmente infringí. Explicaré lo que llegué a descubrir.

Los telares en mi fábrica no rendían lo suficiente, y esto no era responsabilidad del personal que trabajaba en ellos. Como mencioné anteriormente, la innovación era mi prioridad, y fue entonces cuando me puse en contacto con James H. Northrop, un ingeniero estadounidense que estaba experimentando con un telar automático que prometía revolucionar la industria textil.

Es cierto que Northrop me pasó varios de estos telares para que los probara, y es verdad que cuadriplicaban la velocidad de producción en comparación con los telares convencionales. Sin embargo, tenían un inconveniente crucial: estaban instalados sobre fosas para permitir la circulación del aire, y el mantenimiento de estas fosas no podía ser realizado por adultos debido al espacio limitado; en su lugar, los niños tenían que realizar esta tarea. Las ganancias eran extraordinarias, ciertamente, pero en menos de dos semanas, tres niños perdieron la vida».

8. BUSCANDO A SVEND IPSEN

Tras recibir el encargo de buscar a aquel escritor, los preparativos se desarrollaron con rapidez.

Miguel, con su habilidad característica, organizó el viaje esa misma tarde. Partimos en una diligencia a primera hora de la mañana, con dirección a Barcelona. Íbamos completamente solos en nuestro compartimento.

Hicimos noche en Barcelona, cambiamos de diligencia y al amanecer continuamos viaje hacia el sur, en dirección a la ciudad de Almería.

Llegamos dos días después, a las once de la mañana.

Estábamos agotados, pero sin perder tiempo nos dirigimos al ayuntamiento y preguntamos en el Registro Civil.

No tenían registrado a nadie con aquel nombre en la ciudad, únicamente nos dijeron que en Garrucha, un pueblo de la costa de Almería, pesquero y minero, se rumoreaba que vivía un escritor de cuentos infantiles desde hacía décadas.

Nos desplazamos en una modesta carreta hasta Garrucha.

Al llegar, nos informamos en la comandancia de la Guardia Civil, pero nadie pudo proporcionarnos detalles precisos sobre el caballero que estábamos buscando. Sin embargo, nos contaron que había vivido en Garrucha durante varios años, pero el auge de las minas y la llegada de numerosos extranjeros lo habían obligado a mudarse a otro lugar.

La información más reciente sugiere que Svend Ipsen había abandonado su casa hace más de un año y se había trasladado a Pulpí.

A media mañana partimos hacia allí.

Establecimos nuestro campamento en una modesta posada del pueblo y, anticipándonos a la posible falta de información en el ayuntamiento, exploramos varias tabernas locales. Aunque los lugareños nos atendieron amablemente, no pudieron proporcionarnos el paradero exacto del escritor.

Al día siguiente, en la iglesia, nos informaron de que el escritor se había trasladado a Águilas. En cuanto tuvimos la información, partimos de inmediato, cruzando desde la provincia de Andalucía a la de Murcia. El viaje nos llevó algo más de tres horas, pero finalmente llegamos al pueblo costero de Águilas.

Al divisar el mar, experimenté una sensación de placer indescriptible. Sin embargo, Miguel no compartía mi entusiasmo, ya que no era particularmente aficionado ni al mar ni a las montañas. Mientras viajaba, no podía evitar pensar en mi familia y, especialmente, en Eloy. Imaginé que su estancia en la cárcel, a la espera de juicio, no debía de ser nada fácil.

9. SEGUNDO ESCRITO DE DEFENSA DE ELOY RESOMASERRA

«Paré los nuevos telares hasta que se pudiera solucionar el problema, pero ni el propio creador de los telares pudo dar con la solución. Para no extenderme, diré que durante uno de mis viajes en busca de algodón, encontré la solución a través de un libro: "Rimas, musas y conversaciones entre dos infinitos acuáticos", escrito por un tal Svend Ipsen. Él puede dar fe de mis investigaciones. A través de su libro recopilé los datos suficientes y, creyendo estar en lo cierto, actué tal como se ha descrito en las denuncias presentadas en mi contra. Un infinito, una máquina que nos obedeciera y que, si sufriera daños, no nos haría sentir culpables. Eso era lo que necesitaba, y ese escritor lo relataba en su libro. Tras meses de investigación y con aires de locura, debo reconocerlo, me dispuse a experimentar todo lo que se había metido en mi cabeza.

Nada sacaba en claro; intenté copiar verso a verso los relatos de Svend Ipsen, pero los amasijos de hierro y metal que tuve que desechar para la construcción de aquellas máquinas me desanimaban en demasía. Con el personal cualificado de mi fábrica, construimos una especie de muñeco de menos de cuarenta centímetros de alto, con fuertes brazos y piernas. Sus extremidades articuladas se movían a través de unos engranajes, como si fuera un reloj; y sí, se movía, pero una vez bajo el telar, lo perdimos. En otro intento, también fallido, logramos que el muñeco articulado sujetara las compuertas del telar mientras uno de los niños trabajaba en el interior; pero cuando el niño quiso salir, el muñeco no pudo evitar que se cerrara la puerta antes de tiempo, el muñeco quedó atrapado entre la pared y el telar, y el niño no pudo salir y murió asfixiado.

Svend Ipsen hablaba de autómatas con autonomía infinita, con rostros humanos, con independencia absoluta; ahora me di cuenta de que aquello era solo un cuento, eran palabras vacías, pero yo sabía que él tenía un gran secreto que no compartía. Ante los fracasos causados y guiándome por el libro anteriormente citado, contacté con Jean Antoine Villemin, un médico militar francés cuyo hecho más destacado en su carrera fue demostrar que la tuberculosis era una enfermedad infecciosa, y ejercía como profesor agregado en el hospital militar de París. Que no era un cualquiera, pero estaba claro que me estafó y me quería llevar a la ruina.

Svend Ipsen incluyó en la bibliografía de su obra un tratado como referencia importante de Jean Antoine Villemin, llamado —El hombre mecanizado—. Lo leí y contacté con aquel médico. Me convenció de tal manera que caí rendido a sus palabras.

Yo sería el primero en probar aquellos seres mecanizados, incluso me dijo que tendría el privilegio de acompañarle en la próxima Exposición Universal de París, que se celebraría en París del 6 de mayo al 31 de octubre de 1889, donde presentaría —la verdadera revolución—, como él decía. Aquel médico, previo pago de ocho mil pesetas, me explicó detenidamente el proceso que seguiríamos. Usaba cadáveres y los convertía en autómatas, así de simple; así también lo explicaba Svend Ipsen en su libro, y yo me lo creí todo.

El primer transporte fue el 1 de enero de este mismo año. Contraté un vagón cisterna. Su contenido, agua. Se debía estudiar cómo entrar por las fronteras sin tener problemas con las aduanas.

El segundo transporte fue un mes después, un tren procedente de Portbou con un vagón cisterna cargado de formol y en su interior los cuerpos de dos cadáveres adultos.

El tercer y último transporte fue en marzo, un tren procedente de San Juan de las Abadesas; el vagón cisterna, lleno de formol, contenía los cuerpos de cuatro niños.

Cuando se abrió el segundo transporte, en el cual teóricamente solo contraté formol diluido con agua, también había metanol, un líquido muy tóxico que junto con el formol triplicaba su toxicidad. Alguien introdujo el metanol para boicotear el transporte y que me descubrieran; casi se intoxicaron los inspectores, pero no advirtieron los dos cadáveres que flotaban en el interior de la cisterna.

Pedí explicaciones al médico de por qué aquellos dos hombres de la cisterna no eran infinitos; me dio unas explicaciones totalmente inverosímiles que no sé cómo pude creer. Sí que sabía que en el tercer transporte había cuatro niños, pero aquel médico Villemin me aseguró que, cuando los recibiera, ya serían infinitos. Y no fue así.

Cuando descubrí todo aquello, puse en conocimiento de las autoridades todo lo sucedido.

En total perdí más de sesenta mil pesetas, una verdadera fortuna. Pero el dinero era lo de menos. Lo que más me afectó fue la amarga sensación de haber sido engañado de una manera tan cruel.

Según los investigadores, parece que Villemin robó los cuerpos del hospital donde trabajaba. Cuidadosamente planeado, ejecutado con precisión, me hace pensar que quizás yo no fui el único en caer en su engaño».

10. ENCONTRANDO A SVEND IPSEN

En el Ayuntamiento de Águilas, nos informaron que el padrón no estaba a disposición del público. Después de algunas investigaciones, pudimos consultar a los residentes en las casas cercanas al mar, en la zona del puerto de pescadores. Afortunadamente, nos proporcionaron la dirección del escritor y nos dieron pistas sobre sus lugares habituales de paseo.

Finalmente, encontramos a Svend Ipsen en la playa.

A pesar de su edad, parecía más joven de lo que debía ser. En su juventud, probablemente tuvo cabello rubio, ya que aún conservaba un tinte dorado en las cejas. El poco pelo que le quedaba tenía el color de una mazorca de maíz olvidada en un granero.

El escritor estaba parado en la arena, contemplando el mar. Mi compañero Miguel, más decidido que yo, se acercó a él.

—¿Señor Svend Ipsen?

Svend Ipsen sostenía un bastón en una mano y un cuaderno en la otra. Giró su cabeza con calma.

—Venimos en nombre del señor Eloy Resomaserra —pero antes de que Miguel pudiera continuar, Ipsen lo interrumpió de manera tajante.

—No digan más —dijo—. Vienen de parte del tonto. Nos quedamos paralizados, sin saber qué responder.

Svend Ipsen continuó con su mirada fija en el mar mientras nos hablaba.

—Le llamo tonto —prosiguió— porque hay que ser tonto para leer un libro y hacer lo que él ha hecho.

—Perdónenos —dije con humildad—, solo veníamos con la intención de hablar con usted de manera cordial.

Ipsen mantuvo su mirada en el horizonte y respondió sin mirarnos.

—Ahora no —nos dijo de manera tajante—, ahora estoy observando el mar; si desean, mañana estará dispuesto a conversar, pero no en este momento.

Preparándonos para marcharnos, quisimos preguntarle dónde y a qué hora podríamos encontrarnos nuevamente, pero Ipsen nos sorprendió con una respuesta inesperada.

—De acuerdo, hablaré, ¿es necesario que estén ambos aquí? Uno de ustedes es suficiente para hablar conmigo.

Le pedí a Miguel que se apartara un poco.

—Me quedaré yo para hablar con usted.

—¿Cómo se llama? —inquirió Ipsen.

—Joan —le respondí con la mejor de mis sonrisas.

—Muy bien, su compañero puede esperarnos en la Glorieta —ordenó.

Miguel se alejó según lo indicado.

—¿Qué desea saber de mí, señor Joan?

—Como le mencionamos, venimos en nombre del señor Eloy…

—Sí, lo he escuchado, no es necesario repetirlo —interrumpió Ipsen—. Sé que está detenido en la cárcel. Me he enterado, lo he leído en los periódicos. Ha cometido una verdadera locura —expresó Ipsen con un tono de desaprobación evidente.

—El señor Resomaserra desea que declare en su favor —continué, ignorando su comentario anterior.

—¿A su favor? ¡Si no le conozco de nada! —respondió Ipsen con firmeza.

Empezamos a caminar por la playa, y noté que Svend Ipsen realmente necesitaba su bastón, ya que cojeaba de manera evidente, o al menos nos lo hacía creer.

—Sé que no lo conoce personalmente, pero leyó su libro detenidamente. ¿Usted cree en las acusaciones en su contra? —le pregunté, esperando una respuesta que no fuera demasiado hostil.

Svend Ipsen respiró profundamente mientras continuábamos caminando por la playa. Parecía reflexionar sobre mis palabras antes de responder.

—No soy quien juzga ni quien cree —respondió con firmeza.

—Disculpe, señor Ipsen, pero entonces, ¿cree que el señor Resomaserra es culpable por lo que ha hecho?

—Mira, chico, no sé qué pretendía el señor Resomaserra, y tampoco quiero influir en su destino o en lo que le sucederá a partir de ahora —dijo mientras se detenía y me observaba detenidamente.

—Comprendo que no quiera problemas —agregué.

—El ignorante piensa que tú también lo eres, y no lo digo por ti, chico. No se puede dar crédito a todo lo que se lee en los libros.

—Pero usted creó algo, y él intentó replicarlo.

—Yo no creé nada, solo escribí el libro, eso es todo. Una vez que se ha leído, su contenido escapa a mi control. No puedo hacerme responsable de cómo lo interpretan los lectores.

—Le entiendo, señor Ipsen, pero usted creo vida.

—No, eso es inexacto.

—Pero lo que usted describió se ha materializado en la realidad.

—Sí, los «infinitos» son reales, pero tienen un propósito específico, y aunque puedan parecer humanos, no son seres vivos. Los primeros fueron construidos de metal, no puedo decir más al respecto.

—¿Qué debería decirle al señor Resomaserra? —le pregunté, por si cediese en su postura.

En ese preciso momento, algo cayó en la arena. Con una flexión extraordinaria de su cintura, se inclinó para recoger lo que se había caído. Luego, lo llevó a su rostro y lo insertó en la cavidad de su ojo izquierdo.

—¿Nunca antes había visto un ojo de cristal? —me preguntó mientras acomodaba el ojo artificial—. Agradézcale al señor Resomaserra por haber leído mi libro y pídale disculpas de mi parte. Nunca imaginé que mis palabras pudieran herir a alguien de esa manera. Sin embargo, no hablaré con su abogado ni declararé en ningún juicio.

11. VOLVIENDO AL FARO

Han pasado muchos años desde que encontré a aquel escritor y hablé con él; no pude hacer mucho más por Eloy, mi compañero de juegos.

Regresé a mi playa, pero ya no era la misma que recordaba.

Eloy murió en el penal, de una pulmonía. Siento que no se merecía todo lo que le pasó. Esa es la duda que me acompañará hasta que muera.

Como decía aquel escritor: «un camino obligado puede convertirse en el averno, un camino fingido será como un mar de madera, un camino perdido conduce a la locura, y un camino elegido, aunque esté lleno de espinas, es una maravilla».

12. SVEND IPSEN VISITA A ELOY EN EL PENAL DE CARTAGENA

El caso del señor Resomaserra continuó siendo noticia en la prensa. Cuando se dictó la sentencia, se informó sobre su lugar de reclusión. El penal de Cartagena se encontraba a unos cien kilómetros de Águilas, donde residía el señor escritor.

Svend Ipsen caminaba con una rapidez que no correspondía a un hombre de casi ochenta años. Llegó al puesto de guardia y anunció su cita para hablar con el preso Eloy Resomaserra. Sin embargo, tuvo que esperar más de veinte minutos antes de ser autorizado a ingresar. Finalmente, un caporal del ejército le indicó que lo siguiera.

—Dado que ha presentado una solicitud a través de la Capitanía General, le permitiré visitar al preso Eloy Resomaserra en una sala de las oficinas, pero un miembro de la guardia estará presente en todo momento —explicó el caporal.

—No tengo objeciones. Aprecio sinceramente todos los esfuerzos que ha realizado para hacer posible este encuentro —respondió Svend Ipsen con gratitud sincera.

Minutos después, Eloy apareció en la sala, visiblemente deteriorado y abatido. Svend Ipsen se levantó rápidamente para saludarlo y le ofreció una silla. El miembro de la guardia observaba desde la puerta.

—Por favor, tome asiento, señor Resomaserra, y permítame ofrecerle mis disculpas. Nunca tuve la intención de hablar con su abogado para testificar en su juicio.

Sorprendido por esta visita y casi sin poder reaccionar, Eloy se sentó en la silla que el escritor le había ofrecido.

—Permítame expresarle —comentó Eloy mientras el escritor ocupaba otro asiento en la sala—, que mantuve la esperanza de que pudiera asistirme con una simple declaración. Sé que su libro era simplemente eso, un libro; sin embargo, también sé que creó «infinitos» en las minas de la zona de Almería, y con ello podría haber respaldado mis primeros intentos en la creación de «infinitos», tal como lo había hecho usted en su libro y en la realidad.

—Sí, reconozco que podría haber sido de utilidad en ese sentido, pero mi libro nunca mencionó el robo de cadáveres.

—Pero en su libro, usted indicaba cómo crear «infinitos» a partir de la nada.

—Tiene razón, lo mencioné en mi libro. Pero créame, nunca volveré a escribir uno similar. Seguiré escribiendo cuentos para niños. Ellos no analizan las cosas en exceso: o les gusta o no les gusta. Usted eligió copiar lo que leyó en mis libros. Los seres mecánicos serán, como su nombre indica, mecánicos, y no surgirán de seres humanos.

Eloy guardó silencio durante unos momentos. Luego, miró al miembro de la guardia que los observaba desde la puerta.

—¿Podría dejarnos solos por un momento? —preguntó Eloy al guardia.

El guardia se retiró por un instante y luego regresó a su posición. —He consultado con mi caporal, estaré aquí afuera por si me necesitan.

Dio dos pasos atrás y se puso tras el umbral de la puerta, manteniéndose fuera de la habitación. El guardia tenía visión de Eloy, pero no del escritor.

—No confió en nada de lo que está diciendo —comentó Eloy—. ¿Cree que soy ignorante? ¿Cree que cuando terminé de leer su libro no hice nada más? ¿Cree que no investigue sobre usted? ¿Cree que no sé quién es usted en realidad?

Eloy parecía estar recuperando la cordura por momentos, como si sintiera que esta era su última oportunidad de descubrir al verdadero Svend Ipsen.

—Dígame, por favor, ¿quién soy? —Svend Ipsen se apoyó ligeramente en la silla, apoyando su espalda contra el respaldo.

—Usted es un «infinito»—. Un silencio sepulcral se adueñó de la sala.

—Comprendo la difícil situación en la que se encuentra, condenado a pasar tantos años en esta prisión —comentó el escritor—. Puedo entender que esté pasando por momentos complicados, pero no permita que la locura lo domine.

—Le reitero que usted es un «infinito». ¡Deme la mano!

—No diga cosas sin sentido.

—¡Deme la mano! ¡Y cierre los ojos!

—No, no lo haré.

—Entonces usted es un «infinito» —afirmó Eloy con decisión. En un arrebato, el escritor se levantó de su silla y se acercó a Eloy, extendiéndole la mano. La acción quedó fuera del campo de visión del guardia.

—¡Cierre los ojos! —ordenó Eloy con urgencia. Svend Ipsen obedeció y cerró los ojos. Eloy agarró con fuerza la mano del escritor, pellizcándola y retorciéndola de manera brusca. Sin embargo, el escritor parecía inmune al dolor y no mostró ninguna reacción.

—Aunque lo hayas tocado, es posible que no lo hayas sentido —dijo Svend Ipsen, manteniendo la calma. Luego, el escritor se desenroscó la mano y la mostró a Eloy, siempre fuera del campo de visión del guardia.

—¿Quién le creerá ahora? ¿Qué piensa hacer? ¿Quiere que le lleven a un manicomio? —preguntó el escritor mientras mostraba su mano biónica.

La sorpresa se reflejó en el rostro de Eloy, con una expresión de incredulidad y confusión. Parecía no poder creer lo que acababa de presenciar.

—Señor Resomaserra, tiene una intuición excepcional. ¿Cómo supo que soy un «infinito»? —preguntó el escritor mientras volvía a colocarse la mano en su lugar.

Eloy tardó en responder. —Lo leí en su libro. —Hizo una pausa y continuó—: «Soy todavía inanimado, pero soy; llevo escrito en mi frente lo que la tinta no mancha en el papel, pero soy; soy un infinito que cabalga en la querida nube, soy lo que ves y no imaginas».

Svend Ipsen llamó apresuradamente al miembro de la guardia y se dirigió hacia él.

—Colorín colorado, este cuento se ha acabado —le dijo, acompañando sus palabras con un gesto de manos para indicar que se llevaran al preso de la sala.

Infinito o infinita, como aquel retal de frescura sosegada, como la luz del día que se esconde tras la oscuridad de la noche y sabe que es libre, y por lo tanto, emerge serena en busca de algo que sabe con certeza que alcanzará: el amanecer.

Svend Ipsen, escritor de cuentos infantiles.

www.ingramcontent.com/pod-product-compliance
Lightning Source LLC
LaVergne TN
LVHW090045180726
843489LV00002B/505